KB121376

로크미디어가
유혹하는
재미있는 세상

ROK
MEDIA
로크미디어

천외천의 주인 21

2022년 3월 8일 초판 1쇄 인쇄
2022년 3월 14일 초판 1쇄 발행

지은이 한수오
발행인 김정수 강준규

기획 이기헌 왕소현 박경무 강민구
책임편집 오영란
마케팅지원 배진경 임혜솔 송지유 이영선

발행처 (주)로크미디어
출판등록 2003년 3월 24일
주소 서울시 마포구 성암로 330 DMC첨단산업센터 318호
Tel (02)3273-5135 **편집** 070-7863-8596 Fax (02)3273-5134
홈페이지 rokmedia.com E-mail rokmedia@empas.com

ⓒ 한수오, 2020

값 8,000원

ISBN 979-11-354-7441-5 (21권)
ISBN 979-11-354-8621-0 04810 (세트)

한수오 신무협 장편소설

21

천외천의 주인

| 쟁패爭霸 |

차례

용담호굴龍潭虎窟 (1)

설무백은 축객령을 내려서 다 내보냈지만, 늘 그렇듯 공야무륵과 암중의 요미와 흑영, 백영은 예외였다.

　사전에 혈영에게 모종의 지시를 받은 것 같았다.

　제아무리 그가 아무리 악을 써도 눈 하나 깜짝하지 않고 버텼다.

　차라리 죽겠다는 식이었다.

　설무백은 그래서 어쩔 수 없이 그들을 대동한 채 거처를 나섰고, 남몰래 풍잔을 벗어나서 양가장으로 향했다.

　예상대로 양가장주의 거처인 전각에는 불이 켜져 있었고, 안으로 들어가자 역성복수, 즉 자신의 성을 양 씨로 바꾸어서 복수를 다짐하며 양가장의 대를 이은 이모부 양웅이 반갑게 그를 맞이했다.

"어서 오시게, 조카님. 혹시나 하고 기다렸더니만 역시 이렇게 오시는군 그래. 하하하……!"

"제가 이모부님 성격을 뻔히 아는데, 어찌 안 옵니까. 안 왔다가는 저녁이 될 때까지 이렇게 기다리실 텐데요."

"그런가? 하긴, 내가 조카님을 두고 오매불망하긴 하지. 하하하……!"

"그간 격조했습니다, 이모부님. 이리 가까이 살면서도 자주 찾아뵙지 못해서 죄송합니다."

설무백이 정식으로 공수하며 인사하자, 양웅이 기꺼이 마주 공수하며 답례했다.

"죄송이라니, 무슨 그런 말을 다 하는가. 조카님 사정이야 내가 뻔히 다 아는데, 그런 말은 가당치 않네."

양웅은 특유의 걸걸한 목소리로 서둘러 자리를 권했다.

"자, 자, 그런 말일랑은 그만두고 어서 자리에 앉기나 하게."

설무백은 자리에 앉은 대신 어색한 미소를 흘렸다.

양웅은 팔 척에 달하는 건장한 체격에 어울리는 호걸풍의 사내답게 호방한 성격이면서도 눈치가 없지 않았다.

그는 대번에 설무백의 의중을 읽으며 먼저 말했다.

"이제 보니 우리 조카님, 그간 우리 양가장의 성과가 궁금해서 몸이 달았군그래?"

설무백은 특유의 미온한 미소를 보이며 대답했다.

"그것도 그렇고, 위보와 위명이도 보고 싶습니다. 풍잔의 노야들께서 기룡이와 그 아이들을 지도하고 있다는 얘기를 들었는데, 기룡이의 기도를 보니 상당한 성과가 있는 것 같더군요."

양웅이 기꺼운 표정으로 수긍하며 나섰다.

"후원 뜰로 가세."

일반적으로 뜰은 집 안의 앞뒤나 좌우로 가까이 있는 평평한 땅을 의미하며, 정원과는 조금 다른 개념이었다.

그런 면에서 볼 때, 양가장의 후원에 자리한 뜰은 보다 더 정원과는 거리가 멀었다.

대략 반경이 십여 장 되는 평지인데, 사방에 방책(防柵)처럼 두꺼운 벽이 세워져 있고, 벽을 따라 군데군데 기둥을 세우고 지붕을 올려서 뜰이라기보다는 거대한 누각처럼 보이는 공간이었다.

"십자창술을 수련을 끝내고 십자경혼창의 전칠식 수련에 들어간 아이들에게 수련 공간으로 제공하고 있네. 본디 무가의 진산절예는 외부로 노출되는 것을 꺼려야 하는 법인데, 지금의 연무장은 앞마당 격이라 아무래도 사람들의 이목을 차단하기가 어려워서 말일세."

설무백이 수련장으로 개조한 후원의 뜰에 도착해서 설명을 들으며 둘러보는 동안, 저마다 한 자루 장창을 소유한 수십 명의 사내들이 모여들었다.

정확히 말하면 사내라고 하기에는 조금 어리고, 아이라고 하기에는 조금 나이가 든 청소년들이었다.

양웅의 말에 따르면 그간 전오식 후삼식으로 구성된 십자창술의 수련을 끝내고 다음 단계인 십자경혼창의 전칠식 수련에 들어간 아이들만 집결한 것이다.

상기된 얼굴, 긴장한 모습으로 질서 정연하게 도열한 그들의 선두에는 양위보와 양위명 형제가 서 있었다.

다만 정기룡은 그들과 함께하지 않고 설무백의 곁에 자리했다.

정기룡이 설무백의 제자이기에 앞서 나름 다른 내막이 있는 자리 선정이었다.

지난날 대력귀가 보살피던 아이들과 정기룡과 함께 북평의 개미굴에서 지내던 아이들은 전부 다 양 씨로 개명하고 양가장의 가족이 되었으나, 정기룡은 자신의 성을 버리지 않았다.

정기룡은 다른 아이들과 달리 아직 부모가 살아 있으며 자신을 버린 것이 아니라 사정이 있어서 헤어진 것이라고 생각했기 때문이다.

설무백은 그게 사실이든 아니면 그저 바람에 지나지 않든 간에 정기룡의 선택을 존중해 주었고, 그게 바로 지금 정기룡의 위치였다.

즉, 지금 정기룡의 자리는 양가장의 가족이 아니라 식객일 뿐이라 정식으로 양가창의 비전은 전수받을 수 없다는 것을 대변하는 것이다.

이윽고, 아이들이 모두 다 집결한 듯 모양이었다.

양웅이 자기도 양가장의 아이들이 설무백에게 어떤 평가를 받을지 매우 궁금하다는 표정으로 손바닥을 비비며 물었다.

"시작해 볼까?"

설무백은 대답에 앞서 도열한 아이들을 살펴보았다.

선두로 나서 있는 양위보와 양위명 형제를 포함해서 정확히 서른 명의 아이들이었다.

다들 소년기에서 청년기로 넘어가는 과정을 대변하듯 단단해 보이면서도 어딘지 모르게 섬세한 느낌을 주는 체구와 눈빛을 가지고 있었다.

"개개인의 경지를 다 살피는 건 무리니, 그건 위보와 위명의 경지를 보는 것으로 하죠."

"그게 좋겠군. 그러지 그럼."

양웅이 자신도 같은 생각이라는 듯 바로 수긍하고는 양위보와 양위명을 호명해서 앞으로 불러냈다.

"위보, 그리고 위명. 비무다! 그간 수련한 것을 자유롭게 마음껏 펼치되 서로 상대의 목숨을 노리지 않는 선에서 최선을 다해야 한다! 알겠느냐?"

총기어린 눈빛을 가진 양위명이 물었다.

"십자경혼창의 후삼식을 펼쳐도 되는 건가요?"

양웅이 대답하지 않고 설무백을 바라보았다.

지난날 설무백은 십자경혼창의 후삼식을 오직 양위보와 양위명 형제에게만 사사했기 이건 자신이 대답할 문제가 아니라고 생각한 것이다.

"마음껏 펼쳐도 좋다."

설무백은 일말의 망설임도 없이 대답해 주고는 뚜벅뚜벅 양위보와 양위명의 전면으로 나서며 덧붙였다.

"대신 상대는 나다."

양웅이 놀랐다.

"조카님이 직접……?"

"십자경혼창은 후삼식 다음에 최후 절초인 한 초식이 더 있습니다. 너무 살인적인 수법이라 전엔 애들에게 알려 주지 않았습니다."

십자경혼창의 정수인 추혼일섬을 두고 하는 말이었다.

"……그리고 제가 십자경혼창을 기반으로 변형한 수법인 권법이 하나 있는데, 지금 애들의 수준을 정확히 알아야 전해 줄지 말지를 결정할 수 있을 것 같아서 말입니다."

"……!"

양웅의 눈이 커졌다.

그는 그 눈 그대로 고개를 돌려서 양위보와 양위명을 향해 힘주어 말했다.

"들었지? 선대의 진정한 비기만이 아니라 너희들과 이 아비가 익히 인정하는 절대 고수의 절기를 직접 전수받을 수 있는 기회다! 최선을 다해서 놓치지 말거라!"

"옙!"

양위보와 양위명이 우렁차게 대답하며 진각을 밟았다.

왼손을 비스듬히 앞으로 내미는 것과 동시에 창을 잡은 오른손을 옆으로 벌려서 수평으로 변한 창대를 등에 바싹 붙이며 한 발을 크게 앞으로 내딛는 동작이었다.

이른바 십자경혼창의 기수식이 되는 진각, 일명 포호영의 자세였다.

쿵-!

묵직한 울림이 일어났다.

땅이 진동하며 뭉클 일어난 흙먼지가 양위보와 양위명을 기점으로 원을 그리며 사방으로 흩어지고 있었다.

실로 막강한 기력을 내포한 태세였다.

그간 그들의 무공이 상당한 경지까지 발전한 것인데, 사방으로 퍼지는 흙먼지 속에서 의지로 불타는 눈빛을 드러낸 양위보와 양위명이 우렁찬 목소리로 각오를 다졌다.

"한 수 가르침을 받겠습니다, 형님!"

무력의 차이가 많이 나서 그렇지, 기실 촌수를 따지면 양위보와 양위명은 설무백의 이종형제인 것이다.

설무백은 그런 관계를 떠나서 냉정한 시선으로 그들의 일거수일투족을 살피며 준엄하게 말했다.

"목숨을 노리지 않는 선에서 최선을 다하라는 얘기는 잊어라! 목숨을 노려라! 정말 죽이겠다는 각오로 전력을 다해라! 알겠지?"

양위보와 양위명이 선뜻 대답하지 못하고 당황한 기색으로 양웅의 눈치를 보았다.

양웅이 눈을 부라리며 불같이 호령했다.

"멍청한 놈들! 지금 네놈들이 마주한 상대가 누구라고 생각하는 거냐! 네놈들의 어설픈 재주로 감히 털끝 하나라도 제대로 건드릴 수 있을 것 같으냐!"

양위보와 양위명이 그제야 안색을 굳히며 시선을 교환하고는 누가 먼저랄 것도 없이 동시에 움직였다.

"그럼 먼저 가겠습니다!"

두 개의 창극이 동시에 하늘 높이 쳐들렸다가 빠르게 하강해서 바닥을 후려쳤고, 그 반동으로 인해 독 오른 독사처럼 고개를 쳐든 창극이 파르르 떨며 설무백을 겨누었다.

팍-!

둔탁한 타격음 속에 다시금 자욱한 흙먼지가 일어나고, 그 뒤를 그 어떤 대답보다도 더 우렁찬 기합이 따랐다.

"탓!"

설무백은 양위보와 양위명의 태도가 마음에 들었다.

살기는 분명 아니지만, 그와 버금 갈 정도로 강렬한 투지를 그들의 눈빛에서 읽을 수 있었기 때문이다.

설무백은 기꺼운 표정으로 웃으며 한손을 까딱였다.

"와라!"

양위보와 양위명이 두말없이 창극을 밀어붙이며 쇄도했다.

거침없이 그저 직선으로 뻗어 내는 것 같지만, 실은 사전에 약속을 한 것처럼 하나는 상체를, 다른 하나는 하체를 노리는 각도의 공격이었다.

설무백은 절로 이채로운 눈빛을 드러냈다.

허를 찔린 느낌이랄까?

양위보와 양위명의 창극이 의외로 무겁고 생각보다 훨씬 더 날랬던 것이다.

그러나 그저 감탄일 뿐, 곤란하다거나 난감하다는 감정과는 거리가 멀었다.

스르륵—!

설무백은 여유롭게 비스듬히 뒤로 한 걸음 물러났다.

얼음에서 미끄러지는 것처럼 부드럽게 보이는 후퇴였다.

간발의 차이를 두고 도착한 양위보와 양위명의 창극이 바닥을 찌르고, 허공을 휘저었다.

설무백이 와중에 슬쩍 내민 발끝으로 바닥을 찌른 창극을 밟고, 가볍게 쳐든 손으로 허공을 휘저은 창극 아래 창대를 받쳤다.

단지 슬쩍 밟고 가볍게 받치는 것으로밖에 안 보이는 손 속이었으나, 거기 실린 힘은 장난이 아니었다.

바닥을 찌른 창극은 배는 더 깊숙이 바닥을 파고들고, 허공을 휘저은 창극은 마치 누가 사정없이 내던진 것처럼 하늘 높이 쳐들렸다.

"헉!"

양위보와 양위명이 기겁하며 물러났다.

양위보는 바닥에 박힌 창극을 뽑아내느라 상체를 뒤로 젖히면서 물러났고, 양위명은 하늘로 쳐들리는 창극을 바로잡느라 서너 장이나 뒤로 물러나야 했다.

설무백은 그사이 본래의 자리로 돌아가서 그들을 바라보고 있었다.

방금 전에 무슨 일이 있었냐는 듯 태연한 모습이고 방만한 자세였다.

"……!"

간신히 중심을 잡은 양위보와 양위명이 이번에는 선뜻 공격에 나서지 않고 좌우로 흩어져서 창극으로 설무백을 겨눈 채 비스듬히 원을 그리며 돌았다.

자신들의 속도로는 도저히 설무백의 움직임을 따라잡을 수 없다고 판단한 그들은 최후의 방법을 도모하고 있었다.

바로 끊임없는 공격이었다.

그들은 둘이고 설무백은 하나인 이상, 쉴 틈 없는 공격으로 밀어붙이면 제아무리 그들보다 빠른 설무백이라 할지라도 틀림없이 한계에 부딪힐 수밖에 없다는 것이 그들의 계산이었다.

"타앗!"

그러기 위해서 잠시 호흡을 가다듬은 그들은 한순간 우렁찬

천외천의
주인

기합을 내지르며 설무백을 공격하기 시작했다.

두 사람 다 거리를 둔 상태에서 단순히 찌르고 휘두르는 동작만을 반복해서 속도를 더하며 설무백을 압박했다.

그야말로 창극의 그물로 설무백을 덮어 버리려 하고 있었다.

그러나 설무백의 신형은 그들이 작심하고 펼친 창극의 그물에 갇히지 않았다.

가둘 수 없었다.

설무백은 미꾸라지 같았다.

아니, 아지랑이와 다름없었다.

설무백은 그다지 빨리 움직이는 것처럼 보이지 않았으나, 창극에 스칠 듯 스칠 듯하면서 결코 조금도 스치지 않았다.

하지만 정작 놀라운 것은, 그래서 공격하던 양위보와 양위명이 귀신을 마주한 것처럼 경악한 것은 그가 그렇듯 아무렇지 않게 창극을 회피하면서도 결코 그들의 곁에서 여섯 자 이내를 벗어나지 않고 있다는 사실이었다.

화살보다 빠르게 면전으로 쇄도하는 창극을 슬쩍 고개만 기울이는 것으로 피했다.

다리를 노리는 창극은 그저 발걸음을 옮기는 것으로 피했고, 상체를 파고드는 창극은 비스듬히 허리를 비틀어서, 복부를 노리는 창극은 기막힐 정도로 절묘하게 상체를 뒤로 젖히는 철판교의 일수로 가볍게 피해 버렸다.

설무백은 마치 어른과 아이의 술래잡기처럼 양위보와 양위명을 가지고 노는 것 같았다.

긴장감 하나 없는 얼굴로 설렁설렁 움직이는 것 같은 그의
태도가 더욱 그런 느낌을 주었다.

그리고 이내 그마저 싫증이 난 모양이었다.

어느 한순간, 그는 마치 팽팽하게 당겨진 고무줄이 끊어진
것처럼 뒤로 주르륵 미끄러져 나가서 손을 젓는 것으로 그들과
의 놀이를 끝냈다.

"됐다, 그만하자."

양위보와 양위명은 실로 기진맥진이었다.

완전한 녹초가 되어 버린 그들은 숨이 턱에 차서 평소 젓가
락처럼 아무렇지도 않게 찌르고 휘두르던 창을 천근만근의 무
게로 느끼며 바닥에 떨어트린 채 헐떡이고 있었다.

다리는 절로 후들거렸고, 또한 절로 벌어진 입에서는 단내
를 풍기는 거친 호흡이 헉헉대는 소리와 함께 뿜어 나왔다.

하지만 그런 육체의 괴로움은 그들에게 아무것도 아니었다.

실로 사력을 다했음에도 결국 설무백의 옷자락 하나 건드리
지 못했다는 사실이 그들에겐 더욱 충격이었고, 견디기 어려운
자괴감에 빠지는 일이었다.

특히나 그들의 가슴을 아프게 하는 것은 이제 그토록 바라마
지 않던 설무백의 절기를 익힐 수 있는 기회가 멀어졌다는 사실
이었다.

내색을 삼갔을 뿐, 그들은 십자경혼창의 정수라는 최후 초

식보다 더 설무백의 절기를 원했던 것이다.

그래서 아쉬움에 절로 눈시울이 뜨거워지는 그들이었지만, 억지로 사내답게 웃음을 보이려고 애쓰고 있었다.

강장 밑에 약졸 없다는 식으로, 그들이 호걸풍의 아버지인 양웅 밑에서 자라며 배운 것이 그것이었다.

사내는 제아무리 슬퍼도, 분하고 억울하고 원통해도 웃어야 하는 것이다.

어쨌거나, 그들 나름 엄청난 노력을 하고 있는 것인데, 그런 그들의 뒤통수로 수고했다는 위로는커녕 쇠갈고리 같은 구박이 날아왔다.

"이런 시건방진 놈들을 보았나! 야, 이 버르장머리 없는 놈들아! 어른에게 귀한 가르침을 받았으면 바닥에 넙죽 엎드려서 머리를 조아리고 감사를 표해도 부족할 판에 지금 그 같잖은 태도는 대체 뭐란 말이냐? 설마 네놈들 지금 그리 패배한 것이 분하고 억울하다는 게냐?"

양웅이었다.

실로 그는 멀뚱히 서 있는 두 아들의 태도에 매우 실망해서 크게 분노한 표정이었다.

양위보와 양위명은 그제야 자신들이 무엇을 놓치고 있는 것인지 깨닫고는 퍼뜩 정신이 들어서 다급히 설무백을 향해 머리를 조아렸다.

잠시 허망한 패배와 무공에 대한 욕심에 휘둘러서 사리분별을 못했을 뿐, 그들도 승패보다는 예(禮)를 더 중시하는 양가장의 전통과 가규를 익히 몸에 배어 있는 것이다.

"감사합니다, 형님!"

"많이 배웠습니다, 형님!"

설무백은 젊은 혈기에 치우치지 않고 곧바로 자신들의 실수를 자각하는 양위보와 양위명의 태도가 앞서 몸소 확인한 그들의 무력만큼이나 매우 마음에 들었다.

그가 본디 내색을 삼가는 성정이라서 그렇지, 양위보와 양위명의 창술은 이미 일류의 경지로 들어서 있었던 것이다.

"내일부터 시작하마."

설무백은 반사적으로 고개를 들어서 놀람과 환희가 교차하는 얼굴로 자신을 바라보는 양위보와 양위명을 향해 재우쳐 말했다.

"낮에는 이목도 있고 시간도 없을 테니, 밤이 좋겠다. 자시(子時 : 오후 11시~오전 1시)로 하자. 내가 올 테니, 여기서 기다려라."

양위보와 양위명은 실로 가슴 벅찬 표정으로 넙죽 바닥에 엎드려서 머리를 조아린 채 전신을 부들부들 떨었다.

너무나도 감격한 나머지 선뜻 말조차 제대로 나오지 않는 모습이었다.

설무백은 그런 양위보와 양위명의 곁으로 가서 가만히 어깨를 두드려 주고는 이내 나머지 양가장의 아이들을 묵묵히 둘러보았다.

혹시나 했는데, 역시나 낯익은 얼굴들이 보였다.

아진(阿晉)과 아소(阿小)가, 바로 지난날 정기룡과 함께 개미굴의 아이들을 보살피던 무진(武晉)과 소소(脩小)가 십자창술의 수련을 끝내고 십자경혼창의 전칠식 수련에 입문한 서른 명의 아이들 속에 포함되어 있는 것이다.

'천 명이 넘는 아이들 중에서 두각을 나타냈다는 것은 차치하고, 비록 경중은 있을 테지만, 그사이 십자창술을 끝내고 십자경혼창의 전칠식에 입문했다는 것만으로도 무에 대한 재능을 타고났다고 봐도 무방하다!'

설무백은 새삼 마음을 다잡으며 양웅을 향해 말했다.

"사실 제가 이 아이들을 보고자 했던 것은……!"

"알고 있네."

양웅이 대뜸 설무백의 말을 가로챘다.

"나도 이제 어엿하게 일가를 이끄는 사람이 되었는데, 어찌 조카님의 심중을 헤아리지 못하겠는가."

그는 넉넉하게 웃으며 말을 이어 나갔다.

"나는 좋네. 이제야 말이지만 사실 나 역시 양가장의 식솔이라면 능력이 닿는 한 누구에게나 다 가문의 비전을 개방할 생각을 하고 조카님의 동의를 구할 생각이었네. 아무리 생각해도 양가장의 번영을 추구하려면 그것이 가장 올바른 선택이라는 생각이 들더군."

설무백은 반색하며 활짝 웃었다.

기실 그는 그동안 적잖은 고민 끝에 발군의 실력을 보이는 아이들에게라도 양가의 절대 비기인 십자경혼창을 전부 다 개방하자고 양웅에게 제안하려 했었다.

작금의 양가장이 머지않아 도래할 환란의 시대를 버티려면, 더 나아가서 외조부인 신창 양세기가 건재하던 과거의 영화를 되찾으려면 그 수밖에 없다는 것이 그의 결론이었다.

그런데 이제 보니 그만 그런 생각을 한 것이 아니었다.

놀랍게도 아니, 다행스럽게도 양웅도 그와 같은 생각을 하고 있었던 것이다.

"이것이 올바른 결정이었음을 곧 아시게 될 겁니다."

"나는 단순한 사람이라 그런 건 전혀 중요하지 않네. 내게 중요한 것은 그저 내가 매사에 최선을 다해야 한다는 사실 한 가지뿐일세. 그런데 내 생각이 조카님의 판단과 일치한다니, 참으로 기쁘기 한량없군. 나는 몰라도 조카님의 판단이 틀릴 리는 만무하니 말이야. 하하하……!"

설무백은 호탕하게 웃는 양웅을 보며 내심 깊은 감사를 느꼈다.

말이 그렇지 실제로 가문의 존장이 자신보다 어린 조카를 이렇게나 전적으로 신임한다는 건 결코 쉬운 일이 아닌 것이다.

그때 누군가 그들이 있는 후원의 뜰로 달려왔다.

설무백은 그를 알아보았다,

"무슨 일이오?"

나타난 사람은 대력귀였다.

그녀는 거칠어진 호흡을 애써 가다듬으며 양웅에게는 눈인사만 하고 설무백을 향해 말했다.

"아무래도 좀 가 보셔야겠어요."

"어디를?"

"어디겠어요?"

"풍잔……?"

어째 이런 일이 벌어지고 있는데도 얼굴을 내비치지 않고 있어서 이상하다고 생각했더니만, 풍잔에 갔던 모양이었다.

설무백은 지금 풍잔에서 무슨 일이 벌어지고 있는지 이미 알고 있기에 대수롭지 않게 물었다.

"무슨 일인데?"

"가 보세요. 일이 좀 커졌으니까."

"일이 커져……?"

대력귀가 퉁명스럽게 쏘아붙였다.

"아, 글쎄, 어서 풍무장으로 가 봐요! 일 더 커지기 전에!"

용담호굴龍潭虎窟 (2)

"무슨 일이야, 이게?"

대력귀가 다그치며 알려 준 풍무장으로 달려간 설무백은 실로 어이없고 황당해하며 중얼거렸다.

어이없고 황당할 수밖에 없었다.

새벽이 깨어나고 아침이 밝아온 풍무장에는 좀처럼 상상하기 힘든 상황이 펼쳐져 있었다.

우선 풍무장의 중앙에는 태양신마와 풍사가 대치한 상태였다.

그리고 그 주변에는 검노와 쌍노, 반천오객의 세 사람을 포함한 풍잔의 거의 모든 요인들과 무사들이 일정한 거리를 두고 둥글게 에워싼 상태로 눈에 불을 키고 있었다.

어느 정도 짐작한 것처럼 서로의 실력을 가늠해 보기 위한 비무가, 소위 말하는 몸의 대화가 벌어지다가 과열된 것 같은 광경인데, 이건 그가 예상한 것보다 판이 커져도 너무 커져 있었다.

"그러게 제가 일이 커질 수도 있다고 말씀드렸잖습니까!"

설무백의 등장과 동시에 용암 구덩이처럼 뜨겁던 풍무장의 열기는 빠르게, 또한 거짓말처럼 싸늘하게 가라앉았고, 그사이에 구경꾼 중 하나가 되어 있던 제갈명이 쪼르르 달려와서 자신의 선경지명부터 자랑하고 있었다.

설무백은 그에 아랑곳하지 않고 풍무장의 단상에 앉아 있다가 그가 나타나자 흠칫 놀라는 기색으로 엉거주춤 일어나는 검노 등을 노려보았다.

검노 등이 멋쩍은 얼굴로 헛기침을 하며 애써 그의 시선을 회피했다.

그들의 아래 단상에 앉아 있다가 발딱 일어난 풍잔의 요인들도 저마다 시선을 어디에 둘지 모르겠다는 듯 궁색한 표정으로 안절부절못하고 있었다.

이제야 자신들이 너무 심했다는 생각이 드는 모양이었다.

설무백은 그제야 제갈청에게 시선을 주며 물었다.

"어떻게 된 일이야?"

제갈명이 재빨리 설명했다.

"그러니까, 이게 어떻게 돌아간 일이냐 하면요……!"

알고 보니 판이 커진 이유는 매우 간단했다.

풍잔의 식구들은 너도나도 관외쌍신의 하나로 명성이 자자한 태양신마와 겨뤄 보고 싶은 마음이 앞섰고, 태양신마는 그런 그들의 반응을 의도적인 무시 또는 경시로 받아들여서 자존심이 상한 나머지 모두의 도전을 수락하는 바람에 벌어진 사단이었다.

"그러다 줄줄 패하는 바람에 오기와 승부욕이 겹쳐서 이제 아주 줄을 서서 차례대로 나서는 비무가 되어 버렸다, 뭐 이런 사연입니다!"

긴 설명은 필요 없었다.

인의 장막으로 만들어진 비무장의 한쪽 구석에는 산발한 머리와 군데군데 검게 그을린 채 너덜너덜해진 의복의 사내들이 떨떠름한 표정으로 서 있었다.

광풍대의 상위 서열 열 사람 중 대랑 천타와 광풍사랑 구익조와 광풍오랑 소우, 광풍육랑 무면호를 제외한 나머지 여섯 사람인 광풍이랑 청면수, 광풍삼랑 노사, 광풍칠랑 아인, 광풍팔랑 철우, 광풍십랑 삼안갈이 바로 그들이었다.

다들 이미 태양신마와의 비무에서 패해서 구경꾼으로 전락해 있는 것이다.

설무백은 슬쩍 그들과 조금 떨어져 서 있던 천타와 광풍구랑 맹효를 바라보았다.

천타와 맹효과 얼굴 가득 불만이 서린 모습으로 그에게 다가오고 있었다.

설무백은 굳이 묻지 않아도 사정을 짐작할 수 있어서 그저
피식 웃었다.

맹효는 풍잔의 경계를 책임지는 사랑대주라는 직책 때문에
나서고 싶으나 나설 수 없었고, 천타는 자신이 나설 차례를 풍
사에게 빼앗겼던 것이다.

그리고 천타나 맹효와 마찬가지로 얼굴 가득 불만이 서린 사
람들이 더 있었다.

단상 아래에 줄지어 서 있는 단예사와 비풍 등 풍잔의 후기
지수들이 그랬고, 융사의 곁에 무리를 짓고 있는 설산파의 적
우와 녹포괴조 부약진의 후예인 부소, 귀안신수 가유의 후예인
가등, 기련삼마의 후예들은 이신, 이마, 이요, 그리고 천기칠사
의 셋인 천살과 지살, 금혼살이 그랬다.

그들은 비무에서 패한 광풍대원들과 달리 어디 한군데 다치
거나 쓸린 구석 없이 멀쩡한 모습이었다.

그들에게는 싸울 기회조차 주어지지 않았던 것이다.

'이래서야 문제가 되겠는 걸?'

설무백은 내심 생각을 정리하며 인의 장막으로 형성된 비무
장을 돌아서 계단 형식으로 꾸며진 풍무장의 단상에 올랐다.

대치하고 있던 태양신마와 풍사는 물론, 장내의 모두의 고개
가 마치 썰물처럼 그를 따라서 돌아가다가 멈추었다.

설무백은 그에 아랑곳하지 않고 자신의 뒤를 따라온 제갈명

을 향해 물었다.

"저번 풍잔의 서열 비무가 언제였지?"

제갈명이 영리한 사람답게 대번에 그의 의도를 눈치챈 듯
두 눈을 반짝이며 대답했다.

"그러고 보니 그게 벌써 언제 적 일인지 기억조차 가물가물
하네요. 이전에는 일 년에 두 번씩 꼬박꼬박 벌였지만, 전날 원
하는 자는 언제든지 상대를 지정해서 도전해도 좋다는 지시를
내리신 주군께서 하도 자주 자리를 비우시는 바람에 차일피일
미루다 보니 그렇게 되었습니다."

"좋아!"

설무백은 기꺼운 표정으로 손뼉을 치며 자신의 등장으로 의
도치 않게 무거워진 장내의 분위기를 일신하며 말했다.

"나 때문에 그리되었으면 내가 책임져야지! 내친김에 지금
치루자, 풍잔의 서열 비무! 다들 괜찮지?"

장내가 찬물을 끼얹은 것처럼 조용해졌다.

다들 설무백의 태도가 진심인지 아니면 지금의 상황을 마뜩
찮게 보고 화를 내는 것인지 몰라서 눈치를 보고 있었다.

아직 설무백을 제대로 모르는 사람들은, 바로 검영과 태양신
마, 그리고 무왕의 화신인 철각사는 그의 언행과 일거수일투족
에 일희일비(一喜一悲)하는 작금의 분위기를 전혀 이해할 수 없다
는 기색이었다.

그러나 적어도 그들을 제외한 풍잔의 모든 식구들은 실로 이

것이 당연했고, 또한 진심이었다.

설무백은 이미 오래전부터 그들, 모두에게 있어 가히 누구와도 비교할 수 없는 유일무이(唯一無二)한 존재인 것이다.

그때 태양신마와 대치하고 있던 풍사가 어색해진 표정으로 입맛을 다시며 설무백을 향해 물었다.

"저 지금 싸워도 되는 건가요?"

설무백은 대수롭지 않게 대꾸했다.

"싸워도 상관없지만, 이번에는 아래가 아니라 위에서부터 순차적으로 서열을 정해 볼 생각인데, 조금 기다려 보는 게 낫지 않겠어?"

풍사가 기다렸다는 듯 수긍했다.

"가뜩이나 힘 빠진 사람과 싸우자니 기분이 영 찜찜했는데, 잘됐네요."

태양신마가 발끈했다.

"누가 힘이 빠졌다고 그래!"

풍사가 태연하게 웃는 낯으로 손을 내저으며 태양신마에게 말을 건넸다.

"괜한 자존심 집어치우고 실속 챙기쇼. 지금 우리가 불공대천지수도 아니고, 어차피 싸우는 거 조금 쉬었다가 싸워도 상관없잖소?"

태양신마가 선뜻 대꾸하지 못하고 머뭇거렸다.

말이야 옳다고 생각하지만 선뜻 그러마, 하고 승낙하자니 자존심이 상하는 모양이었다.

풍사가 그의 결정을 도왔다.

그의 태도를 보더니, 피식 웃으며 그냥 돌아서 버렸던 것이다.

태양신마도 굳이 그런 풍사를 잡을 생각까지는 없는지 코웃음을 치는 것으로 나름 자존심을 챙기며 돌아섰다.

설무백은 그제야 장내를 둘러보며 확인하듯 물었다.

"다들 이의 없는 거지?"

이제야말로 '와' 하고 우레와 같은 함성이 터졌다.

싫을 리가 없으니, 이의가 있을 리도 없었다.

설무백은 픽 웃으며 한 손을 들었다.

함성이 가라앉았다.

"대신!"

설무백은 짧고 간단하게 새로운 규칙을 설명했다.

"서열은 정확히 백팔 위까지. 이유는 따로 설명하지 않아도 알지?"

광풍대를 위한 배려였다.

세외에서부터 설무백과 생사고락을 같이하다가 난주로 입성한 광풍대의 인원이 정확히 백팔 명이었다.

"그리고 정해진 서열의 엄정함과 위상을 고려해서 앞으로 풍잔의 서열 비무는 일 년에 한 번, 신년 초하룻날에 실시하는 것으로 규정한다. 아무리 생각해도 한 달 보름에 한 번은 너무

급해. 이의 없지?"

없었다.

여기저기서 기꺼이 찬성한다는 말과 함께 다시금 우레와 같은 함성이 터져 나왔을 뿐이었다.

설무백은 그사이 제갈명에게 지시했다.

"오독문 식구들도 부르고, 백사방과 대도회 식구들에게도 연락해. 제연청 등도 데려오고."

"……외부에서 생활하는 식구들까지요?"

"그래, 전부 다 불러들여. 양가장에도 알려서 구경 올 사람은 오라고 하고. 오랜만에 어디 한번 제대로 놀아 보자고."

"……!"

제갈명은 어째 일이 너무 커지는 것 같은지 못내 걱정스러운 기색이었다.

하지만 감히 누구 명령이라고 거역할 것인가.

"예, 알겠습니다!"

풍잔의 서열의 완벽하게 구축되는 비무 대회는 그렇듯 뜻하지 않게, 그야말로 예정에도 없이 졸지에 시작되었다.

멀리서 닭이 홰를 치며 우는 새벽이 지나고, 아침 해가 떠올랐다.

아침햇살이 새벽에 내린 이슬을 말리며 너울진 기와지붕을 따듯이 데우고, 거리로 나선 사람들의 발길을 재촉하고 있었다.

새벽 단잠에서 깨어나서 새로운 하루를 맞이한 사람들이 이제 막 바쁜 일상을 시작하는 시간인 것이다.

설무백의 지시에 따라 풍잔과 관련된 거의 모든 사람들이 풍무장으로 집결한 것이 바로 그때, 그 시점이었다.

아닌 밤중에 홍두깨라고 실로 예기치 못한 집회임에도 불구하고 누구도 불만을 토로하는 사람이 없었다.

풍잔의 요인들은 거의 대부분이 날밤을 지새웠으나, 피곤한 기색은커녕 하나같이 별처럼 초롱초롱한 눈빛들이었다.

실로 오랜만에 열리는 서열 비무인데다가, 범상치 않은 새로운 식구들의 합류에 모두가 매우 들뜬 기색이었다.

모든 관심이 서열 비무 자체에 집중된 분위기라기보다는 무슨 일이 일어날 것을 기대하는 듯한 호기심이 더욱 뜨겁게 느껴지는 분위기인 것이다.

'재미는 있겠네.'

제갈명은 참석할 수 있는 거의 모든 인원이 집결한 풍무장을 둘러보다가 문득 그런 생각이 들어서 고개를 끄덕였다.

처음의 그는 일이 너무 커지자 못내 걱정이 태산이었으나, 설무백이 자리하고부터는 마냥 태평해졌다.

평소 이러니저러니 설레발을 쳐도, 기본적으로 그가 가진 설무백에 대한 믿음은 가히 신앙과도 같았다.

감히 설무백의 면전에서 허튼짓을 할 수 있는 사람은 그의 사전에 없었다.

이제 모일 사람은 얼추 다 모였다는 것을 확인한 그는 보고를 위해서 힐끔 설무백을 보았다.

설무백은 태연해 보이는 담담한 모습으로 앉아 있다가 그의 시선을 마주했다.

"왜?"

"왜는요? 얼추 다 모인 것 같은데, 시작해야죠. 제가……!"

"아니, 내가 하지."

제갈명의 말을 자른 설무백은 자리에서 일어나서 단상을 내려갔다.

와자지껄은 아니지만, 서열 비무에 대한 관심과 호기심의 열기로 웅성거리던 장내가 조용해졌다.

장내의 모든 시선이 설무백을 따라 움직이고 있었다.

설무백은 풍무장의 삼면을 막으며 경(ㄇ)자 형으로 세워진 건물의 구조상 탁 트인 한쪽 면에서 바라봤을 때, 정면의 건물 아래, 계단 형식으로 부챗살처럼 펼쳐진 단상의 맨 아래에 해당하는 지면까지 내려가서야 돌아서서 말문을 열었다.

"구차하게 긴 설명은 삼가도록 하지요. 지금부터 풍잔의 서열 비무를 시작합니다."

'와!' 하고 풍무장이 떠나갈 듯한 함성이 터졌다.

설무백은 잠시 여유를 두었다가 두 손을 들어서 함성을 잠재우고 다시 말했다.

"아까 미리 밝혔지만, 듣지 못한 사람들이 있으니 다시 알립니다. 오늘 정할 풍잔의 서열은 일백팔 위까지이고, 이전과 달리 하위 서열이 아니라 상위 서열부터 정하며, 앞으로의 서열 비무는 일 년의 한 번으로 규정합니다. 오늘의 기회를 놓치면 일 년을 기다려야 하니, 다들 신중하게 고려하기 바랍니다."

장내가 소란스럽게 웅성거렸다.

저마다 일 년에 두 번에서 한 번으로 바뀐 서열 비무에 대한 의견이 분분했다.

그러던 장내의 웅성거림이 서서히 가라앉으며 조용해졌다.

모든 얘기를 끝낸 설무백이 본래의 자리인 단상의 상석으로 돌아가지 않고 오히려 장내의 모두가 부챗살처럼 펼쳐진 계단 형식의 단상을 차지하고 운집한 까닭에 정작 텅 비워져 있는 풍무장의 중심으로 나섰기 때문이다.

"……?"

그런데 이유가 있었다.

풍무장의 중앙에 도착한 설무백은 의혹 어린 장내의 모든 시선을 마주한 채로 역시나 어리둥절한 눈초리로 바라보고 있는 제갈명을 향해 말했다.

"상위 서열부터 정하는 거니까, 나부터! 예전 방식 그대로 도전자를 두 번 청하고, 나서는 도전자가 없으면 승리로 간주한다! 어서 시작해!"

장내의 분위기가 새삼 뜨겁게 고조되었다.

다른 누구도 아닌 설무백이 나섰다는 것은 앞으로 누구든 능력과 역량만 증명한다면 얼마든지 풍잔의 주인이 될 수 있다는 상징적인 의미가 있는 것이다.

제갈명이 예기치 못한 사태에 잠시 당황한 기색을 보였으나, 이내 평정을 되찾으며 외쳤다.

"도전자?"

나서는 사람이 없었다.

모두가 누가 나서는지 혹은 나설 사람이 있는지 궁금하다는 듯 장내를 두리번거릴 뿐이었다.

제갈명이 다시 외쳤다.

"도전자?"

과연 도전다가 있는지 찾으려고 장내를 두리번거리던 시선의 대부분이 한 사람에게 고정되었다.

바로 검노였다.

설무백과 검노가 모종의 밀약에 의해서 주종(主從)으로 묶인 사이라는 것은 풍잔의 식구라면 모르는 사람이 없지만, 그래도 누군가 설무백에게 도전한다면 그건 검노밖에 없다는 것이 모두의 공통된 생각이었던 것이다.

그러나 정작 검노는 그럴 생각이 눈곱만큼도 없었다.

그는 이미 설무백에게 패배한 경험을 가지고 있기 때문이다.

검노는 두 눈을 부라린 채 자신에게 쏠리는 장내의 시선을

천외천의
주인

훑어보며 버럭 고함을 내질렀다.

"늙은이 허리 부러지는 꼴을 보고 싶다는 게냐? 눈알을 뽑아 버리기 전에 어서 당장 그 시선들 거두지 못해!"

장내의 모두가 '앗 뜨거워라' 하는 표정으로 시선을 돌렸다.

다들 그저 혹시나 하고 바라보았을 뿐인데, 당사자인 검노가 대놓고 역부족임을 밝히고 있으니, 괜한 불똥이 튈 수도 있는 것이다.

제갈명이 그런 장내의 상황을 확인하고는 설무백을 향해 대체 왜 쓸데없이 나선 거냐는 눈총을 주며 말했다.

"그만 들어오시죠?"

풍잔의 서열 일 위가 그렇게 되었다.

설무백은 못내 머쓱하게 상석으로 돌아와 앉았다.

그사이 자리에서 일어나서 암묵적인 비무대인 풍무장의 중앙으로 나서는 검노가, 그리고 상석으로 돌아간 설무백의 곁에 자리하고 있던 쌍노와 예충 등이 알게 모르게 철각사를 살펴보고 있었으나, 그걸 인지한 사람은 없었다.

제갈명은 비무장으로 나서는 검노를 쳐다보며 잠시 왜 그러나 싶은 표정으로 고개를 갸웃하다가 이내 그 의미를 깨달으며 어깨를 으쓱했다.

검노는 지금껏 한 번도 풍잔의 서열 비무에 참가한 적이 없었으나, 자신이 설무백 다음 서열인 이 위라고 생각하고 있음을 드러낸 것이다.

그래서였다.

장내의 시선이 일시지간 예충에게 쏠렸다.

저번 서열 비무를 통해서 정해진 풍잔의 서열 이 위는 바로 그인 것이다.

장내가 술렁였다.

모두가 흥미로운 빛을 감추지 못했다.

한쪽은 무당파의 전설로 일컫는 절대 검객인 무당마검이요, 다른 한쪽은 흑도십웅의 수좌를 다툰다고 알려진 절대 도객인 귀도였다.

중천에 더 있는 해를 능가할 정도로 눈부신 절정 고수들의 대결이 성사될 수도 있는지라 한순간에 장내가 흥분의 도가니로 변해 버렸다.

그러나 예충이 장내의 기대를 저버렸다.

엉덩이 한 번 들썩이지 않고 그대로 앉아 있었다.

그러자 실망한 좌중의 시선이 이내 다른 사람들에게 돌아갔다.

쌍노, 환사와 천월이 바로 그들이었다.

그들이 풍잔의 공식적인 서열 삼 위와 사 위인 것이다.

하지만 아쉽게도 환사와 천월 역시 나서지 않았다.

그들 사이에는 이미 확실한 서열이 정해진 듯 기대하는 사람들이 무색하게 다들 평온한 기색이었다.

풍잔의 서열 이 위가 그렇게 결정되나 싶었다.

어쩌면 다른 누구보다도 더 먼저 나설 것 같았던 태양신마가 끝내 침묵을 지키고 있어서 더욱 그랬다.

그런데 다음 순간, 엉뚱한 사람이 자리에서 일어나서 뚜벅뚜벅 비무대인 풍무장의 중앙으로 나섰다.

이내 검노를 마주하고 선 그 사람은 바로 철각사였다.

"도전하겠소."

검노는 볼썽사납게 일그러진 얼굴로 철각사를 외면하며 설무백을 향해 물었다.

"주인 나리, 이 사람도 우리 풍잔의 식구인 거요?"

설무백은 대답 대신 철각사에게 시선을 주며 물었다.

"어떻습니까? 우리 풍잔의 식구입니까?"

철각사가 심드렁하게 대꾸했다.

"될 수 없다고 막지만 않는다면 되고 싶군. 그러니 이렇게 나서는 게 아니겠나."

"풍잔의 수장은 접니다. 고로 풍잔의 식구가 된다는 것은 앞으로 제 말에 복종하겠다는 것과 다름 아닌데, 정말 괜찮겠습니까?"

"지금의 나는 어떤 식으로든 자네의 곁에 머물러야 해. 적어도 자네가 어떤 인물인지 알 수 있을 때까지는 말이야. 그러니 별수 없지. 자네 말을 따라야지."

설무백은 본의 아니게 피식 웃었다.

"너무 솔직한 거 아닙니까?"

철각사가 예의 심드렁한 목소리로 대구했다.

"그도 별수 없는 일이네. 적어도 나 자신까지 속이고 싶지는 않으니까."

설무백은 어느 정도는 철각사의 태도를 이해할 수 있을 것 같아서 묵묵히 고개를 끄덕이는 것으로 수긍하며 검노를 향해 말했다.

"우리 식구라네요."

검노가 벌써부터 매우 놀란 표정으로 철각사를 바라보고 있었다. 그는 철각사가 바로 무왕 석정이라는 사실을 알고 있기 때문인데, 그러던 한순간 그는 의미심장한 눈빛으로 변해서 씩 웃으며 말했다.

"그렇군. 우리 주인 나리에게 벌써 졌군."

철각사가 애써 내색을 삼가며 따지듯이 물었다.

"싸울 거야, 말 거야?"

검노가 히죽 웃는 낯으로 철각사를 쳐다보며 말했다.

다른 사람이 들을 수 없는 전음이었다.

─자신의 명호조차 제대로 사용하지 못할 정도로 험악한 세상을 살아온 동지로서 내가 양보하지. 나와 겨루면 어쩔 수 없이 당신의 본색이 드러날 테니까.

철각사가 메마른 미소를 입가에 드리우며 말을 받았다.

그 역시 전음을 사용했다.

─나를 위해서? 당신 자신을 위해서가 아니고?

검노가 인상을 썼다.

-호의다, 호의. 당신을 위한. 적어도 지금 이 자리에 있는 사람들 중에서 내 본색을 모르는 사람은 없으니까.

-그래도 나를 위한 호의는 아닌 것 같은데? 대체 무슨 뚱딴지 같은 내막인지는 모르겠지만, 주인 나리라고 부르는 저기 저 설 가 아이를 위해서잖아. 주인의 뜻을 따르겠다, 뭐 그런 거. 안 그래?

-그래서 싸우고 싶다는 건가? 정 그렇다면 나 역시 뺄 이유가 없지. 우리 젊은 주인은 늙은 수하의 고집을 어느 정도 인정해 주거든. 할래?

-말이 그렇다는 거지 어디 뜻이 그런가. 당신이 싸우지 않고 물러나 준다면야 나는 백 번 환영이지. 언제까지 숨길 생각은 없지만, 적어도 아직은 본색을 드러낼 생각이 전혀 없거든.

-어차피 그렇게 꼬리를 말 거면서 구차하게 말도 참 많네. 아무려나, 내 호의는 여기까지인 줄이나 알고 있어. 그 몸으로도 여전히 석년의 실력이다 싶으면 언제라도 칼을 뽑을 테니까.

-흐흐. 기대하지.

철각사의 대답이 끝나자마자 검노가 픽 웃고는 뒤로 한 걸음 물러나서 공수하며 말했다.

"오늘은 때가 아닌 것 같으니, 다음을 기회를 보겠소. 적어도 앞으로 일 년 동안은 당신이 나보다 높은 서열이요."

철각사가 마찬가지로 뒤로 한 걸음 물러나 공수하며 대답했다.

"양보해 줘서 고맙소."

그들, 두 사람의 인사가 끝나기 무섭게 장내가 소란스러워졌다.

다들 이게 무슨 일인가 하는 표정이었다.

장내의 그 누구도 그들이 전음으로 나눈 대화를 모르고 있기에 그럴 수밖에 없었다.

검노가 그런 장내의 반응에 아랑곳하지 않고 제갈명을 향해 윽박질렀다.

"뭐 해?"

제갈명은 실로 어리둥절해하고 있었으나, 장내의 다른 사람들처럼 넋을 놓고 있지는 않았다.

그는 검노의 윽박에 바로 정신을 차리며 소리쳤다.

"승부!"

장내의 소란이 그제야 서서히 잦아들었다.

이유야 어쨌든 승부가 난 이상, 더는 그 승부를 두고 가타부타 따질 이유가 없었다.

서열 비무는 이제 시작 막 시작되었을 뿐인 것이다.

제갈명이 진정되고 있는 장내의 분위기를 파악하고는 재우쳐 소리쳤다.

"다음 도전자는 나서길 바랍니다!"

장내의 시선이 다시금 예충과 환사, 천월, 그리고 태양신마에게로 향했다.

하지만 그들 중 누구도 나설 기미를 보이지 않았다.

제갈명이 노골적으로 그들을 주시하며 다시 외쳤다.

"다음 도전자?"

역시나 나서는 사람이 없었다.

예충과 환사, 천월은 말할 것도 없고, 태양신마조차 끝내 나서지 않았다는 사실이 장내를 들끓게 했다.

풍잔의 서열 이 위가 그렇게 결정되었다.

허망하고 허탈한 이변 중의 이변, 장내의 그 누구도 예상하지 못한 결과였다.

"다음은……!"

제갈명은 뒤늦게 굳이 다음 차례인 풍잔의 서열 삼 위의 자리를 소개할 필요까지는 없다는 것을 깨달았다.

철각사는 자리로 돌아갔으나, 검노는 자리를 지키고 서 있었기 때문이다.

그는 서둘러 다시 소리쳤다.

"도전자는 나서길 바랍니다!"

역시나 앞서와 마찬가지로 나서는 사람이 없었다.

제갈명이 다시 한번 더 외쳤으나, 상황은 달라지지 않았다.

이제 검노가 풍잔의 서열 삼 위였다.

검노가 상석의 설무백을 향해 공수하고 들어갔고, 그다음인 서열 사 위의 자리는 예충이 나섰다.

본디 서열 삼 위였으나 철각사로 인해 한 단계가 밀린 것이다.

제갈명이 이번에야말로 기대에 찬 목소리로 소리쳤다.

"서열 사 위입니다. 도전자는 나서길 바랍니다!"

과연 제갈명의 예측이 정확했다.

앞선 경우와 달리 이번에는 그의 외침이 끝나기도 전에 한 사람이 훌쩍 날아와서 예충의 면전으로 내려섰다.

예충을 향해 히죽 웃는 그 사람은 바로 태양신마였다.

예충이 비틀린 미소를 흘렸다.

"아, 젠장! 자존심 상하네, 정말!"

용담호굴龍潭虎窟 (3)

"맷집이 좋은 거냐, 머리가 둔한 거냐? 내 기억에 우리 승부는 이미 예전에 난 것 같은데, 너는 아니었냐?"

예충이 정말이지 자존심이 상한다는 듯이 덧붙인 말이었다.

표정을 봐서는 욕을 뱉어도 시원찮은 것 같은데, 자리가 자리라서인지 애써 참는 눈치였다.

과거 그들은 이미 한두 번 싸운 것이 아니었고, 그때마다 예충의 승리였던 것이다.

태양신마가 누런 이를 드러내며 대꾸했다.

"승패는 병가지상사(兵家之常事)라고 했다. 평생 칼끝에서 구르며 사는 것들이 이기고 지는 게 무슨 대수이겠냐. 난 그저 확인이 필요한 것뿐이다. 아직도 네가 나보다 강한지 말이다. 내가 그간 꽤나 발전했거든."

예충이 어깨를 으쓱했다.

"하긴, 나는 그간 좀 놀긴 했지."

말과 함께 그는 칼을 뽑았다.

반달처럼 둥글게 휘어진 도신의 끝에 이리의 송곳니처럼 혹은 도깨비의 뿔처럼 날카로운 톱날 두 개가 뾰족이 세워진 칼, 그의 별호와 같은 귀도였다.

순간, 예충의 분위기가 변했다.

여태껏 아무런 느낌도 없이 수더분한 노인네처럼 보이던 그의 전신에서 보는 이를 절로 섬뜩하게 하는 귀기가 풍겼다.

태양신마가 울지도 웃지도 못하겠다는 표정으로 두 눈썹을 지렁이처럼 꿈틀거렸다.

"뻥치는 거 아니지? 확실히 그동안 놀았지?"

예충이 귀기에 젖은 눈빛으로 그런 태양신마를 바라보며 칼끝을 까딱였다.

"직접 확인해 봐."

"그러지."

태양신마가 짧은 대답과 함께 두 손을 비스듬히 좌우로 펼치며 태세를 갖추었다.

그의 두 눈동자가 붉게 변했고, 주변의 공기가 뜨겁게 달아오르는 가운데, 좌우로 펼친 그의 두 손바닥에서 이글이글 타오르는 화염구가 형성되었다.

"태양신공(太陽神功)!"

장내의 누군가 탄성을 내질렀다.

누군가 이제야 태양신마의 정체를 알아본 사람도 있는 것이다.

장내가 급격히 뜨거워지고 있었다.

예충이 장내의 변화에 아랑곳하지 않고 냉정한 눈빛으로 태양신마를 직시하며 한층 더 기세를 끌어 올렸다.

화륵-!

태양신마도 예충과 같은 태도를 취했다.

좌우로 펼쳐진 그의 손바닥에 형성된 화염구가 붉은 색을 지우고 타조 알처럼 커지며 새파랗게 물들어 갔다.

예충도, 태양신마도 서로의 목숨을 취하려는 싸움이 아닌 이상, 굳이 길게 끌 필요가 없다는 결론을 내린 것 같았다.

물론 격돌의 배경과 상관없이 검공과 기공의 대결이라는 측면에서 길게 끌 싸움이 아니기도 했다.

동류가 아닌 무공의 대결은 워낙 변수가 많아서 자칫 큰 불상사를 일으킬 수 있다는 사실을 그들은 익히 잘 알고 있는 것이다.

먼저 움직인 것은 태양신마였다.

태양신마는 자신의 콧잔등을 겨누고 있는 예충의 칼끝이 그의 반응에 따라 순간적으로 스물다섯 군데의 방위를 노릴 수 있다는 판단을 했고, 그건 그가 손이 열 개라도 다 막아 낼 수 없는 범위였다.

그래서 그는 순간적으로 스물다섯 군데 방위를 넘어서는 스물여섯 번째 방위로 이동함으로써 예충의 칼끝이 닿을 수 있는 범위인 공세를 벗어났다.

관에서 최고의 절기 중 하나로 꼽히는 신법인 염화비익전신(炎火飛翼電身)의 일수였다.

그다음이 공방일체에 따른 반격!

그러나 태양신마는 준비한 반격을 가할 수가 없었다.

이상하게도 분명 그는 스물여섯 번이나 위치를 변화시켜서 예충의 칼끝이 닿을 수 있는 공세를 빠져 나왔건만 여전히 조자건의 칼끝이 그의 콧등을 겨누고 있었다.

'이게 어찌된 일이지?'

태양신마는 절로 고개를 갸우뚱거리며 다시 염화비익전신을 시전해서 가히 허깨비 같은 몸놀림으로 예충의 공세를 벗어나려고 들었다.

그런데 정말이지 귀신이 곡할 노릇이었다.

분명히 재차 스물여섯 방위를 이동했으나, 예충의 칼끝은 여전히 그의 콧잔등을 겨누고 있는 것이 아닌가?

결론은 하나였다.

예충은 그보다 빠르고 기민했다.

태양신마의 안색이 싸늘하게 굳어졌다.

이러다가는 공격의 기회를 잡을 수 없다는 생각이 그의 뇌리를 스쳤다.

그는 더 이상 지체하지 못하고 비스듬히 좌우로 펼친 두 손을 가슴 앞에서 하나로 뭉치며 세차게 떨쳐 냈다.

그의 양손바닥에서 새파랗게 이글거리던 화염구가 하나로 합해지며 쾌속하게 쏘아져서 예충을 노리고 있었다.

화르륵-!

뒤늦게 불타는 거대한 아름드리나무가 휘둘러지는 듯한 파공음이 울리는 순간이었다.

"타앗!"

매서운 기합이 터지며 태양신마의 콧잔등을 겨누고 있던 예충의 칼끝이 거짓말처럼 사라졌다.

다음 순간, 태양신마의 화염구가 덮치는 예충의 전면에 수직의 섬광이 그려졌다.

예충이 수중의 칼을 순간적으로 높이 쳐들었다가 태산압정, 일도양단의 기세로 화염구를 내려친 것이다.

퍽-!

놀랍게도 묵직한 타격음과 함께 화염구가 반으로 쪼개졌다.

반듯하게 반으로 갈라진 화염구가 좌우로 흩어지며 화염구에 가려졌던 예충의 얼굴이 드러나는 그 순간, 장내의 누군가 다급한 경호성을 발했다.

"앗!"

단상을 등지고 서 있던 예충은 볼 수 없었지만, 마주하고 있던 태양신마도 대번에 사태를 파악하며 절로 눈이 커졌다.

예충이 단칼에 갈라 버린 화염구가 완전히 소멸되지 않고 예충의 좌우를 스치고 지나서 뒤쪽의 단상에 자리한 사람들을 덮치고 있었던 것이다.

하지만 거기 앉아 있던 사람들 중 누구 하나도 자리를 피하지 않았다. 다들 적잖게 긴장한 표정이긴 했으나, 자리를 피하는 대신 반사적으로 병기를 뽑아 들고 있었다.

그냥 막아 내려는 것이다.

그런데 그마저도 불필요한 대처였다.

그들이 저마다 병기를 뽑아드는 사이, 설무백이 아무 일도 아니라는 듯 가볍게 한손을 내밀었다.

반으로 쪼개진 채로 아직 소멸되지 않고 단상을 덮치던 두 쪽의 화염구를 내쳐 버리려는 시늉으로 보였다.

마치 바람을 타고 흘러온 연기를 수중의 부채로 부쳐서 밀어내는 것처럼 가볍게 보이는 행동이었다.

그처럼 가볍게 보이는 행동 아래 사람들을 덮치던 두 쪽의 화염구가 거짓말처럼 그 자리에서 사라졌다.

파편은커녕 일말의 소음도 없는 소멸이었다.

본의 아니게 그 광경을 지켜본 태양신마의 인상이 볼썽사납게 일그러졌다.

일순 호흡이 멎을 정도로 감당하기 어려운 경이와 좌절감이 명멸하는 그의 눈가로 경련이 일어나고 있었다.

"젠장! 누구 앞에서 재롱 잔치를 하는 기분이군!"

찰나의 순간에 지나지 않는 한눈이었는데, 사정을 전혀 모르는 예충은 그 기회를 놓치지 않고 칼끝을 내밀었다.

밤하늘을 가르는 벼락처럼 줄기줄기 갈라지는 도기를 뿌리는 칼끝이 태양신마의 왼쪽 가슴, 심장을 노리고 있었다.

빨랐다.

흡사 한순간에 명멸하는 섬광처럼 느껴졌다.

귀도라는 예충의 별호를 만들어 준 귀혼수라겁백도의 일수였다.

태양신마는 늦었으나, 피하지 못할 정도는 아니었다.

하지만 그는 피하지 않고 그대로 서 있었다.

그는 이미 누구와도 싸울 의지가 사라지고 없었다.

그런 그의 심장을 노리던 예충의 칼끝이 그림처럼 한 치 앞에서 멈추었다.

어차피 예충도 상대의 목숨을 노리는 싸움을 하고 있던 것이 아니라 끝까지 심장을 찌를 생각은 없었던 것이다.

"쳇!"

태양신마가 자신의 왼쪽 가슴 앞에서 멈춘 예충의 칼끝을 쳐다보며 혀를 차고는 보란 듯이 두 손을 높이 쳐들며 패배를 자인했다.

"그래 졌다! 네가 이겼다!"

예충이 못내 찜찜한 눈빛으로 태양신마를 쏘아보았다.

비록 직접 상황을 눈으로 보진 못했지만, 얼추 느껴지는 것이 있었던 것이다.

태양신마가 정말 아니꼬운 표정으로 그런 예충을 노려보며 쏘아붙였다.

"내가 졌다고! 네가 이겼다고! 도토리 키 재기 같은 싸움하기 싫다고!"

예충이 이제야 태양신마의 심정을 간파하며 오만상을 찡그렸으나, 그가 할 수 있는 것은 아무것도 없었다.

절로 곤혹스러운 표정이 되어 버린 그는 혹시나 하는 마음을 담아서 제갈명을 바라보았고, 제갈명의 시선은 곧바로 설무백에게 돌려졌다.

하지만 작금의 상황은 설무백이라고 해서 딱히 뾰족한 수가 있을 리는 만무했다.

생사결도 아닌 마당에 싸우기 싫어서 패배를 자인하며 물러나는 사람을 붙잡을 도리는 그에게도 없는 것이다.

막말로 '나보고 어쩌라고?'였다.

제갈명은 영리한 사람답게 난감해하는 설무백의 표정을 대번에 읽었다.

"승부!"

흡사 옜다 모르겠다, 하는 식으로 승부를 가린 제갈명은 곧바로 다음 도전자를 찾았다.

"다음 도전자는 나서기 바랍니다!"

나서는 사람이 없었다.

상황이 애매한 것도 있지만, 실로 예충에게 도전할 사람이 없는 것이다.

"다음 도전자?"

제갈명은 재빨리 도전자를 구하는 두 번째 외침을 발했고, 서둘러 장내를 한 차례 둘러보는 것으로 상황을 정리했다.

"결정! 다음은 서열 오 위의 비무를 시작하겠습니다!"

예충이 뒷간에 갔다가 밑을 안 씻고 나온 사람처럼 찝찝한 표정으로 돌아서서 자리로 돌아갔다.

태양신마도 거의 동시에 돌아서 자리로 돌아가고 있었다.

환사가 재빨리 일어나서 비무대인 풍무장의 중앙으로 나서며 자리로 돌아오는 태양신마의 앞을 막아섰다.

태양신마가 삐딱하게 환사를 바라보며 한쪽 눈썹을 치켜떴다.

"뭐야?"

환사가 비틀린 미소를 지으며 말했다.

"뭐긴 뭐야? 서열 결정하자는 거지. 한 단계 밀리는 바람에 이제 내가 풍잔의 서열 오 위거든."

태양신마가 실소하며 대꾸했다.

"아까 내 말 못 들었냐? 도토리 키 재기 안 한다고 했잖아? 난 이제 아무래도 좋으니까, 그냥 너 해. 풍잔의 서열 오 위."

그리고 귀찮다는 표정으로 손을 내저으며 환사를 비켜 돌아가려는데, 환사가 다시금 그의 앞을 막아섰다.

태양신마의 인상이 일그러졌다.

"뭐 하자는 거야 지금?"

환사가 턱을 들고 태양신마를 지그시 내려다보며 말했다.

"뭐 하자는 게 아니라, 그럼 돌아가서 앉을 생각하지 말고 그냥 꺼지라고, 우리 풍잔에서! 문은 저쪽이잖아! 어떤 식으로든 규율을 무시하며 물을 흐리는 종자는 우리 풍잔에 필요 없거든!"

태양신마의 눈빛에 살기가 서렸다.

"뭐야 지금? 한번 해보자는 거냐?"

환사가 픽 웃었다.

"한번 해보자는데 싫다고 뺀 건 너 아니냐?"

태양신마가 입을 벌렸으나 말은 뱉어 내지 못한 채로 안색이 변해서 굳어졌다.

본의 아니게 모순에 빠진 자신과 마주한 모습이었다.

환사가 그런 그에게 냉소를 날리며 재우쳐 말했다.

"어쩔래? 할래, 말래?"

보통 모순에 빠진 사람은 두 부류가 있다.

헤어 나갈 생각을 안 하고 점점 더 고집을 부리며 광대임에도 현자를 자처하는 우스꽝스러운 꼴로 밑바닥까지 드러내는 사람과 당당하게 스스로의 의지로 인정하고 벗어나서 다시는 그 늪에 빠지지 않으려 주의하는 사람이 바로 그 두 부류이다.

천외천의
주인

태양신마는 후자의 사람이었다.

"어휴, 그냥 말래 하고 자리를 박차고 나가야 사나이 자존심이 사는 건데, 피치 못하게 이 집구석에 빌붙어 살아야 하는 처지라 차마 그럴 수가 없는 게 정말 한이다!"

그는 대번에 무지막지한 전신의 공력을 끌어 올려서 막 용광로에서 꺼내진 쇳덩이처럼 이글이글 타오르는 불덩어리로 변하며 덧붙여 외쳤다.

"그래, 하자!"

태양신마는 그렇게 비무에 나섰고, 풍잔에서 귀도 예충 다음인 서열 오 위가 되었다.

태양신마와 환사의 비무는 짧은 대신 강렬했다.

결론적으로 말하면 오래된 과거의 일이긴 하나, 이미 한 번 손을 나눠 본 적이 있는 그들은 서로에 대해서 익히 잘 파악하고 있었기 때문이다.

죽고 죽이는 생사결이 아니라 단지 실력의 고하를 가리는 비무인 이상, 길게 끌어서 좋을 게 없으며, 한 번의 격돌로 충분하다는 것이 그들, 두 사람의 공통된 생각이었던 것이다.

무식하면 똥인지 된장인지 먹어 봐야 아는 것처럼, 하수들이나 싸워 봐야 승부를 안다.

고도의 수련을 거쳐 상승의 경지에 도달한 고수일수록 싸우기 전에, 즉 상대의 기도만으로도 이미 승부를 예측할 수 있다.

승패를 예측하기 어려울 정도로 비등한 경지도 있기는 하나,

그런 경우는 극히 미비하며, 그나마도 이른바 절정의 반열에 오른 고수라면 얼마든지 예측이 가능하다.

태양신마와 환사는 적어도 그 정도 경지에 오른 고수인 것이다.

그 때문이었다.

한 번의 격돌로 승부가 났다.

환사는 태양신마와 대치하자마자 칼을 뽑아 들며 승부를 봤다.

망설이지도, 틈을 찾지도 않고 즉시 돌격하며 독문절공인 귀무사후공(鬼霧邪吼功)에 기반한 귀환도(鬼換刀)의 절초를 펼쳤다.

태양신마도 기다렸다는 듯이 마주 돌격하며 절공을 펼쳤다.

어쩌면 그가 사전에 태양신공을 끌어 올려 불덩어리로 변한 것은 환사의 성마른 성격을 익히 잘 알기 때문인지도 몰랐다.

전광석화처럼 빠르게 달려 나가는 순간에 좌우로 펼쳐진 그의 손바닥에는 이미 새파랗게 이글거리는 타조 알 크기의 화염구가 형성되었다.

그 화염구가 그의 움직임과 무관하게 마주 쇄도해 오는 환사를 향해 차례대로 시위를 떠난 화살처럼 연속해서 쏘아졌다.

그건 그가 사전에 태양신공을 운기하고 있지 않았다면 절대 그럴 수 없는 빠름이었고, 그것이 승패를 갈랐다.

환사는 쇄도하는 화염구를 일도양단의 기세로 베어 버렸다.

그건 마치 앞선 예충의 모습이 재현되는 것 같은 상황이었다.

그런데 그게 환사의 패착이었다.

환사의 귀환도는 예충의 귀혼수라겁백도보다 빠르고 변화
무쌍했으나, 대신에 상대적으로 파괴력이 부족했다.

그 때문에 화염구는 반으로 갈라지는 대신에 몽둥이로 후려
친 물 풍선처럼 그대로 폭발해 버렸다.

그건 마치 환사가 휘두른 칼이 엄청난 힘으로 화염구를 박살
내는 것 같은 장관을 이루었으나, 결과적으로 환사의 패배를
불렀다.

폭발한 강기의 조각이 환사의 호신강기를 뚫고 들어와서 적
잖은 상처를 입혔기 때문이다.

그리 큰 상처는 아니었다.

내상은 전혀 없었고, 외상도 부분적으로 검게 그을린 정도가
다였다.

그러나 환사는 패배를 자인하고 물러났다.

환사는 사나울 정도로 성마른 성정의 소유자이나, 적어도 적
이 아니라면 승부에 연연하는 사람이 아닌 것이다.

그래서 태양신마가 풍잔의 서열 오 위가 되었다.

환사가 패배를 자인하고 물러나자, 천월도 도전을 포기했고,
더는 나서는 도전자가 없었다.

그리고 그다음부터 약간의 소강상태가 이어졌다.

제갈명의 계속되는 호출에도 도전자가 없어서 환사와 천월

이 풍잔의 서열 육 위와 칠 위의 자리를 차지했고, 저번 서열 비무에 따라 그다음 차례인 반천오객의 세 사람, 묵면화상과 일견도인, 무진행자의 경우도 도전자가 나서지 않는 바람에 서열 팔 위와 구 위, 십 위의 자리를 가져갔다.

아무래도 새로운 식구들의 서열이 정해지자 지난번 서열 비무에서 정해진 서열을 그대로 인정하며 넘어가는 분위기였는데, 정확히 그다음 순서인 잔월까지 그랬다.

잔월이 풍잔의 서열 십일 위로 정해지고, 그다음으로 풍사가 비무장으로 나서자, 장내의 분위기가 완전히 바뀌었다.

한 사람, 요미가 바로 그 주범이었다.

"뭐예요? 할머니는 이번에도 참가하지 않는 거예요?"

담태파야는 이번부터 풍잔의 서열 비무에 참가하지 않았다.

다만 꼬박꼬박 구경은 왔는데, 오늘도 상석인 설무백과 가까운 자리에 요미와 함께 앉아 있었다.

그녀가 불쑥 나선 요미의 말을 듣고는 자못 사납게 눈총을 주었다.

"언제는 이 할미가 참가했냐?"

"헤헤, 이번에는 좀 의미가 색달라서 나설 줄 알았지. 좋아. 그럼 장유유서(長幼有序)는 여기까지!"

멋쩍게 웃으며 담태파야의 말을 받은 요미가 대뜸 자리를 털고 일어나서 비무장으로 나서서 풍사를 마주하며 천연덕스럽게 말했다.

"연세 지극한 노인네들까지는 인정해 줄 수 있지만, 나머지는 안 돼. 그다음은 내가 할래."

잔잔하게 가라앉았던 장내의 분위기가 다시금 뜨겁게 달아올랐다.

그도 그럴 것이, 요미는 이번의 서열 비무에 한 번도 참가한 적이 없지만, 풍잔의 식구라면 그녀의 무공이 얼마나 대단한지 모르는 사람이 없었다.

그녀는 하나같이 무재들로 평가받는 풍잔의 후기지수들 중에서도 단연 선두였고, 그것을 대변하듯 설무백을 측근에서 보필하고 있었다.

게다가 다른 무엇보다도 그녀가 나섰다는 것은 그동안 서열 비무에 참가하지 않던 비풍과 단예사 등 풍잔의 후기지수들도 나선다는 의미가 된다.

그것을 대변하듯 상석 아래 줄지어 앉아 있던 비풍과 단예사 등의 눈빛이 예리한 빛을 발했다.

장내의 분위기가 한층 더 고조되고 있었다.

다만 문제는 설무백이 그들의 참가를 허락하느냐는 것이었다.

지금 풍무장에 집결한 풍잔의 식구들은 그동안 그들이 풍잔의 서열 비무에 참가하지 않은 것은 아마도 설무백의 지시에 따른 것이라고 생각하는 것이다.

물론 오해였다.

제갈명도 그렇게 오해하고 요미가 비무장으로 나서는 순간 부터 설무백을 바라보고 있었다.

설무백은 사뭇 퉁명스러운 면박으로 모두의 오해를 풀어 주었다.

"풍잔의 서열 비무다. 풍잔의 식구라면 누구나 다 참가할 수 있기에 풍잔의 서열 비무인 거지, 누구는 참가할 수 있고 누구는 참가할 수 없다면 쓸데없이 풍잔이라는 말을 왜 앞에 붙이겠나?"

잠시 수그러들던 장내의 술렁임이 다시금 커졌다.

제갈명이 그 와중에 계면쩍은 표정으로 입맛을 다시고는 요미와 대치하고 있는 풍사를 향해 말했다.

"그렇다네요."

풍사가 어깨를 으쓱했다. 수긍일 것이다.

그 상태로, 그는 요미에게 시선을 고정하며 씩 웃었다.

"내가 아까 누구와 싸우려고 했는지 알지?"

태양신마를 두고 하는 말이었다.

아까는 태양신마와 싸우려고 했던 그가 이번에는 도전하지 않았다.

장유유서를 따진 게 그녀만은 아니라는, 그도 나이 어린 아랫사람의 도리를 다해서 나서지 않았다는 의미였다.

요미가 묘하다는 표정으로 물었다.

"아까는 되고 지금은 안 되는 이유가 뭐죠?"

풍사가 대수롭지 않게 대답했다.

"아까는 우리 식구가 아닌 줄 알았는데, 지금은 우리 식구라는 걸 알았으니까."

"고리타분하시긴……!"

요미가 이제야 알았다는 표정으로 잘라 말했다.

"저는 그 정도까지 고리타분하지 않다는 거 알죠? 절대 봐주지 않고 가차 없이 할 테니까 각오해요?"

풍사가 어깨에 기대고 있던 협인장창, 흑비를 비스듬히 내려져서 창극을 지면에 대며 자못 냉담하게 대꾸했다.

"실수로라도 적당히 봐준다고 했으면 화냈을 거다!"

요미가 배시시 웃으며 슬며시 눌러나서 풍사와의 거리를 벌렸다.

아무리 그녀라도 길이가 일 장에 달하는 장창을 귀신처럼 다루는 풍사와 지근거리를 유지하는 것은 거북했던 것이다.

풍운마장기(風雲魔障氣)라는 절대의 공력을 기반으로 펼치는 풍사의 광풍창술은 그야말로 광풍과 같아서 그녀가 아니라 천하의 그 누구라도 조심해야 할 필요성이 있는 창술이었다.

와중에 그녀의 두 눈은 희뿌연 백색으로 바뀌고, 얼굴과 손등, 외부로 드러난 피부가 온통 반투명한 얼음처럼 변했다.

참으로 요사스러운 모습, 전진사가의 절대사공인 사천미령제신술을 발동한 것이다.

그 상태로, 그녀가 말했다.

"대신 선수는 양보할게요."

"기꺼이 받아들이지!"

풍사가 기다렸다는 듯이 승낙하며 득달같이 달려들었다.

그만큼 그도 요미의 무력을 인정하고 있다는 방증인데, 지면에 닿은 창극을 끌리며 불꽃이 일어난다 싶은 순간, 창극이 들리며 무서운 속도로 휘둘러졌다.

거칠고 신속하게 공기를 가르는 창극이 요미의 옆구리에서 오른쪽 어깨까지를 따라 전광석화처럼 쳐들리고 있었다.

그 순간!

팟-!

요미의 신형이 흡사 물거품이 터지는 것처럼 그 자리에서 사라졌다.

취릿-!

헛되이 빈 공간을 가른 창극이 하늘을 찔렀다.

풍사가 놀라지도, 당황하지도 않으며 거기서 멈추지 않고 창을 당겼다가 다시 뻗어 냈다.

한순간 수십 개의 창극이 빛살처럼 허공을 찌르는 모습이 연출되었다.

마치 수십 개의 벼락이 내려친 것처럼 화려한 불꽃의 명멸이었다.

풍사의 시선이 그중 한 방향에 잠시 머물렀다가 이내 측면으로 돌려졌다.

천왕천의
주인

그런 그의 시선에 따라 그의 신형이 미끄러져 나가고 그 뒤로 수중에 들린 장창, 흑비의 서슬이 따랐다.

풍사는 허공의 공간 한 지점에 동화되어 있던 요미의 기척을 찾아냈고, 그 기척을 놓치지 않고 추적하며 공격하고 있는 것이다.

휘우우우웅—!

창극이 허공을 가르며 어마어마한 파공음을 일으켰다.

마치 불붙은 거목이 휘둘러지는 것 같은 파공음, 다시금 창극에서 일어나는 불꽃이, 사실은 강기가 허공을 찢어발겨 버리는 것 같은 상황이었다.

그때 그런 엄청난 파공음이 무색하도록 선명한 요미의 목소리가 풍사의 귓속을 파고들었다.

"내 위치를 감지해 낸 것은 칭찬해. 근데, 사천미령제신술은 원한다면 언제든지 진짜 기척을 가짜 기척으로 바뀔 수 있다는 것을 몰랐나 보네?"

풍사는 반사적으로 몸을 돌리려다가 그대로 멈추고 말았다.

목에 비수가 대진 사람이 몸을 움직일 수는 없었다.

어느새 그의 그림자 속에서 튀어나온 요미가 그의 목에 비수를 대고 있었던 것이다.

요미가 배시시 웃으며 물었다.

"졌지?"

풍사가 졸지에 당한 패배에 쓰라린 표정을 지으면서도 패배를 부정하지는 않았다.

"그래, 졌다."

요미가 풍사의 목에 댔던 비수를 거두며 물러났다.

풍사가 그제야 요미의 신형이 귀신처럼 허공에 두둥실 떠 있었다는 사실을 확인하고는 새삼 놀랍다 못해 기가 막힌다는 표정으로 절레절레 고개를 흔들었다.

무시는 아니지만 조금은 가볍게 생각한 것이 사실이었다.

천상의 동녀처럼 예쁘고 앙증맞으면서도 어딘지 모르게 요 사스러운 미색을 가진 요미는 늘 그렇듯 상대로 하여금 방심 하게 만드는 무언가가 있었다.

아무리 그래도 그렇지, 이렇게까지 힘 한번 제대로 써 보지 못하고 허무하게 질 줄은 상상도 하지 못했다.

하물며 그는 방금 전까지도 요미의 움직임조차 전혀 파악하 지 못하고 있었던 것이다.

이제 그는 제아무리 작심하고 이를 악문 채 사력을 다한다 고 해도 선뜻 요미를 이길 자신이 없었다.

'요안마녀(妖眼魔女)라는 별호를 얻었다고 해서 그저 웃었었는 데……!'

풍사는 새삼 고개를 절레절레 흔들었다.

지금의 요미는 실로 그 별호가 어울리는 마녀와 다름없었다.

그때 그녀, 요안마녀 요미가 비무를 진행하는 제갈명의 입에 서 승부나 났다는 외침이 발해지기도 전에 자신만만한 태도,

의기양양한 눈빛으로 장내를 둘러보며 물었다.

"누구 도전할 사람?"

너무나도 예기치 못한 상황이라서 그랬는지, 장내의 모두가 침묵했다.

하물며 승부가 났음을 알리려고 나서던 제갈명도 조용히 입을 다문 채 머쓱하게 서 있었다.

그러나 잠시였다.

비무를 진행하던 제갈명은 말할 것도 없고, 장내의 모두가 놀라고 당황스럽게도 우르르 도전자가 나섰다.

자리를 박차고 일어났다가 자신과 같이 일어난 사람들을 보고 어색한 표정이 되어 버린 그들은 공야무륵과 대력귀, 사문지현, 사사무, 사도, 흑영, 백영, 그리고 그들보다 머리 하나는 더 큰 장신의 위지건 등이었다.

그러나 그보다 더 사람들의 이목을 집중시키는 일이 그다음 순간에 벌어졌다.

작은 체구와 흑진주처럼 검게 빛나는 피부에 유난히 눈이 커서 실로 오묘한 느낌을 주는 묵인(墨人 : 흑인) 여인인 오독문의 독후 이이아스가 자리에서 일어났다.

장내의 시선이 그녀에게 쏠리는 가운데, 그녀가 상석의 설무백을 바라보며 물었다.

"저도 풍잔의 식구죠?"

"그야 물론이지."

설무백의 대답하자, 그녀가 검은 피부로 인해 유난히 하얗게 보이는 이를 드러내며 말했다.

"그럼 저도 도전하겠어요!"

'서열 십 위 자리에 떡이라도 붙어 있나?'

제갈명은 하도 어이가 없어서 잠시 이런 말도 안 되는 생각까지 했으나, 이내 명석한 두뇌의 소유자답게 냉정하게 사태를 파악했다.

아무리 생각해도 결론은 하나밖에 없었다.

이건 기존의 서열을 인정하는 마음과 연륜을 중시하며 대우하려는 생각이 더해진 결과였다.

강호 무림의 서열은 나이로 정해지는 것이 아니라 실력으로 정해지는 것임을 다들 알고 있지만, 이러니저러니 해도 결국 노인네들까지는 인정이라는 요미와 같은 생각을 품고 있었다는 방증이었다.

'덕분에 완전히 복마전(伏魔殿)이 됐군!'

제갈명은 어쩔 수 없이 기대 반 걱정 반인 마음으로 설무백을 바라보았다.

혹시나 설무백에게 다른 의견이 나올 수도 있다는 생각이었다.

그러나 설무백은 시종일관 담담하기만 해서 도무지 속을 알수가 없었다.

이유 여하를 막론하고 이쯤 되는 상황이면 한순간의 과열된 경쟁으로 인해 사상자가 나올 수도 있고, 더 나아가서 서로 간에 감정의 골이 생기지 말라는 법도 없을 텐데도 아무런 감정의 변화를 보이지 않고 있었다.

'무슨 일이 벌어져도 다 자신이 있다는 거겠지!'

제갈명은 실제로 그런 건지, 아니면 단지 바람에 불과한 건지는 몰라도, 일단 그런 생각을 해 버리고 나자, 자신도 긴장감이 사라져 버렸다.

지금 나선 사람들이 전부 다 나서도 감당할 수 없는 사람이 설무백이라는 사실이 상기돼서 더욱 그랬다.

그러고 보니 정작 도전을 받는 당사자인 요미는 조금도 놀라거나 당황하는 기색이 없었다.

우습지 않게도 그녀는 오히려 신난 표정이었다.

'자신의 실력을 마음껏 뽐낼 수 있는 자리가 마련되어서 마냥 즐겁다는 건가?'

아마도 그럴 것이다.

제갈명이 아는 요미라면 얼마든지 그런 생각을 하고도 남음이 있었다.

물론 그럴 만한 실력도 충분하고 말이다.

제갈명은 그런 요미의 태도에 이제 여유는 둘째 치고, 아주 흥미진진해진 마음이 되어서 도전자들을 둘러보며 말했다.

"아시다시피 먼저 나서는 사람이 손해입니다. 비무를 보고 부족함을 자각해서 물러나는 도전자도 있을 테지만, 그렇지 않은 도전자가 더 많을 테니까요. 제 개인적인 소견으로는 한 분도 물러날 것 같지 않다는……!"

말미에 그는 새삼스러운 눈빛으로 도전자들을 둘러보며 물었다.

"누가 먼저 나서겠습니까? 원만한 합의가 이루어지지 않는다면 제가 먼저 나선 순서대로 하겠습니다. 다행히 제가 그건 기억하고 있으니까요."

공야무륵이 피식 웃으며 말했다.

"이미 사정을 다 알아 버린 우리가 어떻게 순서를 정하겠나. 아무래도 나선 순서대로 하는 게 옳을 것 같군."

제갈명이 다른 도전자들에게 확인했다.

"이의 없으십니까? 이의 없으시면 그대로 하겠습니다."

없었다.

제갈명은 곧바로 가장 먼저 일어난 흑영에게 시선을 주는 참인데, 한쪽에 빠져 있던 풍사가 불쑥 제안했다.

"제안을 하나 하지. 어차피 비무에서 패한 사람은 다음 서열을 두고 다시 싸워야 하니까, 굳이 이번 비무가 끝나기를 기다릴 필요 없이 바로 다음 비무를, 그러니까 나와의 비무를 이어가는 것으로 말이야. 그런 식으로 다음 패자는 또다시 다음 패자와 승패를 가리는 식으로 비무를 이어 나가면 적어도 지금 나선 도전자들의 서열은 한결 빨리 정리되지 않겠나."

제갈명은 반색했다. 사실 그가 하고 싶은 제안이었다.

"다들 어떻습니까? 불만이나 다른 의견 있으십니까?"

이번에도 나서는 사람이 없었다.

다들 수긍하는 기색으로 고개를 끄덕이며 시선을 교환하고 있었다.

제갈명은 그것을 확인하고 나섰다.

"그럼 이의 없으신 것으로 알고 그렇게 진행하겠습니다. 다만 참고로 한 가지만 말씀드리자면, 혈영 각주와 동곽무, 두 사람은 모종의 임무를 수행하느라 자리를 비운 관계로, 그 한 분에 한해서는 나중에 복귀하는 대로 누구에게든 도전할 기회를 주는 것으로 하겠습니다. 그럼 시작합니다. 첫 번째 도전자는 흑영입니다."

흑영은 상석에 앉은 설무백과 조금 떨어진 측면에 서 있었다.

그는 설무백을 향해 한손을 가슴에 대는 한 손 공수로 예를 갖추고 비무장으로 나서서 요미와 대치했다.

장내가 흥미와 호기심으로 조용해졌다.

흑영, 바로 태산검문의 허풍선 곽진이 그제야 빙그레 웃는 모습으로 요미를 쳐다보며 다른 사람이 들을 수 없도록 나직이 말했다.

"너를 이기려고 나온 게 아니다. 아직은 내가 부족하다는 것을 아니까."

정말 기대가 된다는 흥미진진해진 모습으로 손바닥을 비비던 요미가 안색을 바꾸며 미간을 찌푸렸다.

"김빠지게 왜 이래? 그럼 대체 왜 도전한 건데?"

흑영이 추호도 망설임 없이 대답했다.

"월인을 완성하는데 도움이 될 것 같아서. 물론 네가 수라구류도로 상대해 준다면 말이야."

그는 주저하지 않고 한손을 가슴에 대는 한손 공수로 예를 갖추며 고개를 숙였다.

"부탁한다!"

떨떠름한 표정을 짓고 있던 요미는 묵묵히 고개를 끄덕였다.

무슨 뜻인지 이해했다는 태도였다.

실제로 그녀는 이해했다.

흑영의 검법인 월인은 설무백도 인정하는 좌수쾌검의 진수였으나, 그 경지가 아직 미비했다.

한 팔을 제물로 받쳤음에도 이제 고작 칠 성에 머무는 수준, 그 때문에 그가 전부터 경지를 끌어 올리기 위해 갖은 수단과 방법을 동원하고 있다는 것은 그녀도 익히 잘 알고 있는 사실이었다.

그녀는 문득 야릇한 미소를 지은 채 은근슬쩍 상석의 설무백을 일별하며 말했다.

"대신 내 편이 되어 준다고 약속할 수 있어?"

흑영이 대번에 무슨 뜻인지 알아들은 표정으로 의미심장한 미소를 지으며 화답했다.

"도와주진 못해도 편은 들어줄 수 있지."

"좋아, 거래 성립!"

요미가 짧게 대꾸하며 허리에 매달고 있던 단도를 뽑아 들었다.

겉과 속이 모두 다 붉은 빛깔로 채색된 한 자 반 치 길이의 단도, 무림 십대 흉기의 하나인 혈마비였다.

동시에 그녀의 두 눈이 희뿌연 백색으로 변하고, 전신의 피부가 온통 반투명한 얼음처럼 요사스러운 빛깔로 바뀌었다.

마치 백옥의 요물 같은 모습, 전진사가의 절대사공인 사천미령제신술의 발동인데, 기묘하게도 수중의 혈마비는 붉은 빛깔을 더하고 있었다.

흑영이 놀란 듯 당황한 듯 오만상을 찡그렸다.

그녀가 말과 달리 사천미령제신술을 펼쳤기 때문이다.

백옥의 요물로 변한 요미가 그런 그의 반응을 보고는 하얗게 웃으며 수중의 혈마비를 흔들어 보였다.

"걱정 마. 수라구류도로만 상대할 테니까."

흑영이 그제야 표정을 풀며 진지하게 변한 눈빛으로 그녀를 주시하며 검을 뽑아 들었다.

검극으로 백색의 검기를 줄기줄기 뻗어 내는 그의 청강검이 먹이를 노리는 것처럼 부르르 떨고 있었다.

요미가 그에 아랑곳하지 않고 수중의 혈마비를 까딱였다.

"먼저 쳐들어와야겠지?"

"당연히 그래야지!"

흑영이 기꺼이 대답하며 전광석화처럼 신속하게 전진해 들어갔다.

실로 빨랐다.

족히 넉 장에 달하는 그와 요미의 거리가 눈 깜짝할 사이에 거짓말처럼 사라졌다.

백색의 검기를 늘어트린 그의 검이 어느새 요미의 전신을 휩쓸고 있었다.

그제야 그의 검극이 공간을 가른 파공음이 들려왔다.

쐐애액-!

요미는 뒤늦게 들려온 파공음에 반응해서 움직였다.

사실은 그 전에 움직였으나, 사람들의 눈에는 그렇게 보이는 것이었다.

너무 차가우면 오히려 뜨겁게 느껴지는 것처럼 너무 빠르면 오히려 느린 것처럼 보이는 경우가 있다.

지금 그녀의 방어가 그랬다.

채채챙-!

흑영의 청강검과 요미의 혈마비가 하나처럼 뒤엉키며 거친 쇳소리와 함께 불꽃을 튀겼다.

두 사람이 일으킨 무형지기가 주변의 공기를 우렁우렁 하게 울리는 가운데, 조각난 검기가 깨진 유리처럼 연속해서 사방으로 튀었다.

천외천의
주인

한 번의 격돌로 보였으나, 사실은 수십 번의 공방이었던 것
이다.

"오……!"

장내의 이곳저곳에서 탄성이 터졌다.

지금 장내에는 어지간한 고수라도 백의 한 사람조차 제대
로 볼 수 없는 그들의 격돌을 정확히 지켜본 사람들이 있는 것
이다.

그런 사람들 중의 하나, 검노가 구경이나 하라고 특별히 데
려와서 옆에 앉혀 놓은 화산파의 무허를 향해 불쑥 물었다.

"어떠냐? 너라면 감당할 수 있겠냐?"

무허가 난감한 표정을 지으며 선뜻 대답하지 않고 머뭇거리
다가 뒤늦게 입을 열었다.

답변이 아니라 질문이었다.

"어느 쪽이요?"

"어느 쪽이든."

"……저게 저들, 두 사람의 전력인가요?"

"너는 쟤들에게 서로 죽이고 말겠다는 살기가 느껴지냐?"

"아니요."

"아닌데 그걸 왜 물어? 너는 생사결도 아닌 비무에서 죽기 살
기로 전력을 다 하냐?"

"아, 아니죠."

"쟤들도 그래. 아니, 어째 쟤들은 특히 더 한 것 같다. 아무

래도 비무라기보다는 무슨 합을 맞추는 것 같네."

검노가 묘하다는 표정이다가 이내 손을 내저으며 무허를 채근했다.

"아무튼, 그래서 뭐야? 감당할 수 있겠다는 거야, 없겠다는 거야?"

무허가 곤혹스러운 표정을 지으며 대답했다.

"그게, 잘 모르겠습니다. 워낙 두 사람 다 저와 전혀 다른 방면의 검도를 수련한 사람들이라 그저 눈으로만 봐서는 예측할 수가 없습니다."

검노가 자못 음충맞은 기소를 흘렸다.

"큭큭, 그러니까 겨뤄 봐야 안다? 그러니까, 겨뤄 보고 싶다, 이거지?"

무허가 침묵을 유지한 채로 눈을 빛냈다.

검노가 의미심장한 눈빛을 던지며 넌지시 물었다.

"참가할 수 있게 해 주리?"

무허가 반색하며 반문했다.

"풍잔의 서열 비무인데, 제가 나서도 될까요?"

검노가 웃었다.

그만이 아니라 그의 곁에 앉아 있어서 본의 아니게 그들의 대화를 들은 사문지현도 웃고 있었다.

무허의 말은 그 어떤 말보다 더 나서고 싶다는 말로 들리는 것이다.

검노가 거짓말처럼 웃음기를 지우며 힘주어 말했다.

"지금 여기서 네가 나서면 당연하게도 너는 화산파를 대신하는 사람이 되는 거다. 결국 네가 지면 화산파의 제자가 지는 것이고, 그건 더 나아가서 화산파가 지는 것으로 비약될 수도 있다. 그래도 괜찮으냐? 감당할 수 있겠어?"

무허가 이제야 알겠다는 듯 계면쩍은 표정으로 고개를 숙였다.

"알겠습니다. 호승심을 접도록 하지요. 그만한 각오는 아직 제게 없으니까요."

검노가 픽 웃으며 고개를 끄덕였다.

"잘한 선택이다. 내게 굳이 네게 괜한 질문을 던진 이유가 그 때문이었다. 쓸데없는 호승심을 품지 말라고 말이다. 이는 네 사부인 경빈의 면을 봐서 해 주는 조언이니, 절대 속단하지 말고 명심하거라."

무허가 안색이 살짝 굳어져서 물었다.

"그 말씀은 그저 남의 집 잔칫상에 나서지 말라는 건가요, 아니면 제가 그만큼 부족하다는 뜻인가요?"

"당연히 후자다."

검노가 잘라 말했다.

"네가 인정하건 말건 지금 저 아이, 요미를 상대로 나선 아이들 중에서 적어도 절반은 실로 지금이 네가 목숨을 걸어도 감당할 수 없다."

무허의 얼굴이 붉게 달아올랐다.

상대가 상대인지라 차마 화는 내지 못하지만, 자존심이 상하는 것은 막을 수가 없었던 것이다.

그리고 그래서인지 검노의 말이 정말 그의 호승심을 누르려는 것인지 아니면 역으로 도발하는 것인지 헷갈리기까지 하고 있었다.

이윽고, 무허는 작심하고 나섰다.

"그렇게 말씀하시니, 오기가 생기는 걸요?"

검노가 쳐다보지도 않고 대꾸했다.

"아서라. 오기로 패가망신한 사람만 두 줄로 세워도 중원을 몇 바퀴 돌 수 있을 게다."

무허는 대뜸 바닥에 넙죽 엎드려서 머리를 조아렸다.

"그래도 해 보고 싶습니다! 도와주십시오, 노야!"

검노가 그제야 힐끗 그에게 시선을 주었다.

무허는 고개를 들고 실로 불같은 눈빛으로 검노의 시선을 마주하며 절대 변할 수 없는 고집을 드러냈다.

검노가 이내 픽 웃더니 말했다.

"좋다, 그래. 지금 나선 아이들만, 즉 풍잔의 서열 십이 위의 자리를 노리고 나선 애들의 비무만 끝까지 지켜봐라. 그러고도 지금의 네 마음이 변치 않는다면, 노부가 한번 나서서 자리를 마련해 보마."

무허는 갑작스러운 그의 행동에 어리둥절해서 쳐다보는 주변의 시선도 의식하지 못한 채 소리가 나도록 바닥에 머리를 찧으며 진심에서 우러나오는 목소리로 말했다.

"고맙습니다, 노야!"

그러나 나중에 돌이켜 보면 이건 고마워할 일이 아니라 창피해서 몸 둘 바를 모를 일이었다.

검노가 말하는 비무를, 바로 풍잔의 서열 십이 위의 자리를 놓고 요미를 상대로 도전한 사람들의 대결을 다 지켜본 무허는 부끄럽게도 새삼 검노에게 깊이 머리를 조아리며 앞서 했던 자신의 부탁을 철회해야 했기 때문이다.

"죄송합니다, 노야! 제 부탁은 없었던 것으로 해 주십시오!"

용담호굴龍潭虎窟 (4)

요미와 흑영의 승부는 요미의 승리로 끝났다.

어지간한 사람도 눈으로 쫓기 어려울 정도의 빠른 격돌이 일각가량 이어지다가 문득 멀찍이 뒤로 물러난 흑영이 패배를 자인했다.

그다음 도전자는 공야무륵이었다.

요미가 공야무륵과 대치하는 사이, 다른 한쪽에서는 흑영이 앞서 요미에게 패한 풍사와의 비무를 준비하고 있었다.

도전자가 많은 서열 십이 위의 자리를 차지하기 위한 비무는 그런 식으로 이루어졌다.

승자는 다음 도전자를 맞이하고 패자는 앞서 패한 자와 다시 승부를 결하며, 거기서 패하면 한 단계 아래로 내려가서 다음 패자를 기다리는 식으로 연속해서 이어지는 비무였다.

즉, 두 번째 패자인 흑영이 나오고 세 번째 도전자인 공야무릭이 나설 때부터는 패자가 나올 때마다 비무장의 비무가 하나씩 늘어나게 되는 것이다.

그 때문이었다.

풍잔의 서열 십이 위의 자리는 처음에 수많은 도전자가 나섰을 때의 예상과 달리 빨리 결정되었다.

결과적으로 말해서 풍잔의 서열 십이 위의 자리는 모든 도전자를 물리친 요미가 차지했고 그다음 서열인 서열 십삼 위는 마지막 도전자이자, 예상치 못하게 나선 복병인 독후 이이아스의 몫이었다.

마지막 도전자로 나선 이이아스와 요미의 비무는 매순간 보는 이들의 경탄을 부를 정도로 엄청난 격전이었다.

특히 만독(萬毒)의 정화를 더해서 제련했다는 이이아스의 채찍, 바로 독편(毒鞭)에서 뿜어지는 독기(毒氣)와 사천미령제신술의 발동으로 말미암아 백옥의 요물처럼 변한 요미가 무림 십대 흉기의 하나인 혈마비로 뿜어내는 검기의 격돌은 치열을 떠나서 가히 눈부셨다.

요미가 승리를 거머쥐긴 했으나, 그 차이는 고작 반수도 되지 않았다.

비무가 끝났을 때는 요미도 이이아스가 입은 내상만큼이나 가볍게 볼 수 없는 중독 증상을 일으켜서 체내의 독을 몰아내는 데 적잖은 시간이 필요했을 정도였다.

그런 면에서 볼 때, 십사 위부터 십칠 위까지의 서열은 모두가 고개를 끄덕일 정도로 별다른 변수가 없었다.

연이어 벌어진 비무를 통해서 결정된 서열이 공야무륵이 십사 위, 풍사가 십오 위, 혈영이 십육 위, 위지건이 십칠 위를 차지했기 때문인데, 그다음에는 또다시 장내의 사람들이 놀랄 만한 변수가 일어났다.

백영이 대력귀를 필두로, 사사무와, 사도, 흑영, 사문지현 등을 제치고 서열 십팔 위의 자리를 차지했던 것이다.

"하나가 아니라 두 몫이거든요. 저하고, 저요."

백영이 풍잔의 서열 십팔 위의 자리를 놓고 마지막으로 대결한 대력귀를 궁지로 몰아넣고 나서 히죽 웃으며 건넨 말이었다.

대력귀는 그제야 깨달았다.

아니, 비단 그녀만이 아니라 설무백을 비롯해서 백영이 두 개의 자아를 가졌다는 사실을 아는 풍잔의 식구들 모두가 그제야 알게 되었다.

백영은 두 개의 자아가, 바로 백가인과 백가환이 다 깨어나 있는 상태로 대력귀와 대결했던 것이다.

장내의 모두가 이게 대체 어떻게 돌아간 일인지 모르겠다는 듯 어리둥절해하는 사이, 설무백은 내막을 짐작하며 검노에게 시선을 주고 있었다.

검노가 피식 웃으며 어깨를 으쓱했다.

과연 검노는 설무배의 짐작대로 요미에게만이 아니라 백영에게도 양의심공을 전수한 것이다.

마음을 둘로 나눌 수 있는, 그래서 하나의 머리를 가지고도 서로 다른 생각과 의지를 가질 수 있는 무당파의 비기 양의심공만이 백가인과 백가환의 자아를 동시에 공존하도록 만들 수 있었다.

백영은, 바로 양의심공을 통해 동시에 깨어난 백가인과 백가환은 한 사람이지만 두 사람의 협공처럼 각기 서로 다른 무공을 동시에 혹은 따로 펼치는 역량을 발휘해서 대력귀를 상대로 승리를 거머쥐었던 것이다.

그건 다시 말해서 검노가 이미 오래전에 백영에게 양의심공을 전수해 주었다는 뜻이기도 하고, 백영이 그간 수련을 게을리 하지 않고 부단히 노력했다는 뜻도 되었다.

백가인과 백가환의 자아가 동시에 깨어나 있다고 해도 어차피 육체는 하나인 것이다.

서로가 육체의 지배권을 공유한 상태로 지금처럼 엇나가지 않고 원활하게 움직이며 서로 다른 무공까지 합을 맞추어 펼칠 수 있게 되려면 참으로 지난한 노력 없이는 불가능할 터였다.

그에 따른 놀람과 충격 때문일까?

그들 다음의 서열을 정하는 비무는 비교적 원만해 보이는 대결이었다.

천하천의
주인

하지만 그건 순전히 상대적으로 그렇게 보였을 뿐, 그 이후의 비무 역시 쉽게 보이는 대결은 하나도 없었다.

적어도 검노의 제안에 따라 모든 비무를 하나하나 꼼꼼히 살펴보던 무허는 그것을 익히 잘 알 수 있었다.

무허의 포기는 그래서 결정된 것이었다.

사사무가 십구 위, 대력귀가 이십 위, 사도가 이십일 위, 흑영이 이십이 위, 사문지현이 이십삼 위를 차지하는 비무를 다른 누구보다도 더 면밀하게 살펴본 무허는 포기할 수밖에 없었다.

앞선 검노의 말은 도발이 아니었다.

그의 호승심을 누르려는 명백한 충고였다.

하물며 배려까지 포함되어 있었다.

검노의 말과 달리 무허는 요미에게 도전한 사람들 중 그 누구와 겨뤄도 명백하게 승리를 장담할 수 없었다.

사문지현이 그들 중에서 말석에 해당하는 이십삼 위의 자리를 차지한 것이 바로 그 방증이었다.

사문지현은 과거 정사지간의 고수였던 조부, 금마교인 사문도의 금광도법을 거의 완벽한 경지로 익힌 여고수로, 무허가 선뜻 승부를 장담하기 어려웠다.

지지는 않을 것이라고 보지만, 쉽게 이길 것이라고 보기도 어려운 사람이 바로 그가 아는 사문지현의 무력인데, 그런 그녀가 요미에게 도전한 사람들 중에 말석을 차지한 것이다.

"……죄송합니다!"

무허는 검노를 향해 거듭 머리를 조아리고 사과하며 자신의 부탁을 철회할 수밖에 없었다.

그런데 그다음에 나선 사람들 역시 실로 가관이었다.

제갈명의 입에서 다음 서열은 이십사 위라는 말이 나오기 무섭게 비무장으로 나온 사람은 바로 최근 강호 무림에서 귀수옥녀라는 별호를 알리기 시작한 여고수인 화사였고, 그 상대로 나선 사람은 그녀와 마찬가지로 최근 강호 무림에 추혼사도(追魂死刀)라는 별호로 유명해지고 있는 철마립이었다.

무허는 어이없고 황당했다.

아무리 봐도 그의 눈에 들어온 그들, 두 사람은 상위 서열인 사문지현이나 그 이상의 서열을 차지한 사람들보다도 더 강인하고 강렬한 기도의 소유자들이었기 때문이다.

왜?

어째서?

도무지 모르겠어서 미치고 환장할 것 같은 무허의 의혹을 검노가 지나가는 말처럼 한마디 흘려서 풀어 주었다.

"계집애는 오라비의 얼굴을 봐서, 사내놈은 의형의 체면을 생각해서 아끼는 참은 거야. 서열 십사 위를 차지한 공야무륵의 친동생과 의동생이거든. 뭐, 기본적으로 그다지 서열에 집착하는 애들이 아니기도 하고."

결국 풍잔에는 지금 정해지는 서열과 무관하게 강한 고수들이 얼마든지 더 있을 수도 있는 의미였다.

실제로 무허가 검노에 준하는 엄청난 고수라고 판단한 담태파야는 참가하지 않은 채 구경만 하고 있는 것이다.

"대체 풍잔에는 저런 고수들이 얼마나 있는 겁니까?"

절로 뱉어진 무허의 의문이었다.

검노가 지나가는 말처럼 시큰둥하게 대꾸했다.

"글쎄다. 내 기준에서는 몰라도 네 기준에서는 꽤나 있을 것 같으니, 어디 한번 지켜 보거라. 서열은 몰라도 치고받는 싸움은 좋아서 죽고 못 사는 애들이라, 거의 다 나설 테니까."

무허는 실로 두 눈에 불을 켜고 지켜보았다.

그래서 검노의 말이 한 치도 어김없는 사실임을 알게 되었다.

검노의 말마따나 과연 풍잔의 식구들은 혹은 무사들은 서열은 몰라도 치고받는 싸움은 좋아서 죽고 못 사는 것 같았다.

날밤을 새고 새벽부터 시작한 비무 대회가 저녁을 맞이하고, 다시 새벽을 향해 달려가도록 끝날 줄을 몰랐다.

화사와 철마립의 비무를 시작으로 모든 서열이 복마전이었다.

서열 하나하나마다 최소한 대여섯 명, 많으면 열댓 명까지 나서는 바람에 시간이 길어질 수밖에 없었다.

화사가 서열 이십사 위가 되고, 철마립이 이십오 위가 되었으며, 그 뒤로 융사가 이십육 위를 차지할 때까지는 그나마 땅

거미가 지는 초저녁이었다.

그러나 천타를 비롯한 광풍대원들과 단예사와 비풍 등 후기지수들, 그리고 백사방의 작도수 이칠, 대도회의 팔비수 양의, 천기칠살의 셋인 천살과 지살, 금혼살를 포함, 모용세가의 유일한 생존자인 모용자무, 설산파의 후예인 적우, 녹포괴조의 후예인 부소, 귀안신수의 후예인 가등, 기련삼마의 후예들은 이신, 이마, 이요 등이 모두 다 나선 비무에서 설무백이 정한 일백팔 위까지의 서열이 정해지기까지는 새벽이 지나서 아침이 밝아오는 무렵이 되어야 했다.

와중에 벌어진 우습지도 않은 상황 하나는 설무백이 정한 마지막 서열인 백팔 위의 자리를 제연청이 차지했단 사실이다.

"······잠시 조는 바람에······."

제연청의 웃지 못할 사연이었다.

광풍칠십이랑 비표(飛豹)가 그로 인해 이번 풍잔의 서열 비무에서 가장 억울한 사람이 되었다.

제연청이 나서기 전만해도 비표가 서열 백팔 위의 자리를 거의 확실하게 굳히고 있었던 것이다.

어쨌거나, 그런저런 사연까지 포함해서 이번 풍잔의 서열 비무를 하나도 빠짐없이 지켜본 무허는 실로 풍잔이 얼마나 무시무시한 용담호굴인지 똑똑히 알 수 있었다.

광풍대원들은 말할 것도 없고, 단예사 등 풍잔의 후기지수들과 모용자무 등 새로운 식구들의 정체를 전혀 모르는 그인지라 더욱 그랬다.

무허의 입장에선 명호 한 번 들어 본 적이 없는 사람들이 강호 무림에서 절정을 구가하는 고수과 버금가는 혹은 능가하는 경지의 무공을 펼치고 있으니 풍잔이, 더 나아가서 설무백이 양산박(梁山泊)처럼 천고에 다시없을 집단이요, 제천대성(齊天大聖), 손오공처럼 두려운 괴물로 느껴졌다.

게다가 그게 다가 아니었다.

오늘 풍잔의 서열 비무에 참가한 인물들 중에는 복정산장의 사문지현을 비롯해서 백사방의 작도수 이칠과 대도회의 팔비수 양의도 있었다.

이는 복정산장이, 그리고 백사방과 대도회가 풍잔의 하류조직에 불과하거나 최소한 혈맹 관계에 있다는 뜻이었다.

거기에 더해서 양가장이 있으며, 오독문의 독후와 다른 무엇보다도 검노가, 바로 무당마검 적현자가 자리하고 있었다.

신창 양세기의 죽음으로 말미암아 현격하게 가세가 기운 양가장과 정체 모를 외세의 공격을 받아서 일패도지(一敗塗地), 중원으로 피신 왔다는 오독문의 독후는 제쳐 둔다고 해도, 무당마검 적현자로 말할 것 같으면 현존하는 무당파의 최고배분이자, 최고 고수였다.

즉, 그런 배경을 가진 무당마검 적현자가 풍잔에 아니, 설무백의 예하에 있다는 것은 무당파가 설무백의 수중에 있다고, 적어도 원하면 언제든지 무당파를 움직일 수 있다고 봐야 했다.

'오늘 내 눈으로 확인한 전력만으로도 얼마든지 작금의 무림 맹과 전면전을 벌일 수 있다! 그런데다가……!'

설무백의 무위는 실로 그의 눈으로 측정하기 어려울 정도로 가없어서 평가 자체가 불가능했다.

'그렇다면……?'

무허의 머릿속이 엉킨 실타래처럼 복잡해지는 순간이었다.

설무백이 자리에서 일어나서 장내를 둘러보며 투박하면서도 해학적인 말로 비무 대회의 종지부를 찍었다.

"이상 끝! 이제 그만 밥 좀 먹읍시다!"

어수선한 상황 속에 밤을 꼬박 지새운 상태로 예고도 없이 졸지에 시작된 비무 대회로 말미암아 다시금 하룻밤을 뜬 눈으로 보냈음에도 불구하고 풍잔의 식구들은 누구 하나 피곤한 기색이 없었다.

피곤한 기색은커녕 다들 아직 비무 대회의 감흥이 가시지 않은 상기된 얼굴로 누구는 식사를 준비하고, 누구는 간밤에 미비했던 경계를 점검하는 등, 아무렇지도 않게 새로운 일상을 맞이하고 있었다.

풍잔의 체계는 이제 거의 완벽하게 전통에 따라 사승내력으로 이어지며 상명하복을 강조하는 방회처럼 돌아가는 것이다.

설무백은 와중에도 자리를 지키고 있다가 그와 같은 영내의 정황을 제갈명에게 보고받고 나서야 거처로 돌아왔다.

그리고 그 역시 풍잔의 다른 식구들과 마찬가지로 새로운 일과를 맞이했다.

일과를 시작한 것이 아니라 맞이했다고 하는 것은 그가 각별히 정기룡을 포함한 공야무륵 등과 함께 도착한 거처에는 이미 그를 기다리는 사람이 있었기 때문이다.

남몰래 방문한 하오문의 석자문과 석자량 형제가 바로 그들이었다.

기실 그들의 방문이 설무백으로 하여금 식사를 핑계로 서둘러 비무 대회를 끝내게 만들었던 것이다.

정확히는 설무백의 호출이었다.

석자문과 석자량 형제는 설무백이 풍잔으로 돌아오는 길에 하오문의 흑화를 남긴 부름을 받고 득달같이 달려온 것이다.

석자문은 동생인 석자량이 설무백에게 정중히 공수하고 나서 자신을 경호하는 본연의 임무로 돌아가기 위해 은신법을 펼쳐서 모습을 감추고 나서야 말문을 열었다.

"매번 서신으로 보고받으시다가 갑자기 부르셔서 놀랐습니다. 무슨 일이 있는 겁니까?"

"아니, 그냥. 늘 서신으로 보고받자니 실감이 덜한 것 같기도 하고, 얼굴 본 지도 오래된 것 같기도 해서."

"저를 보고 싶었다는 얘긴가요?"

"뭐, 대충 그래."

"……죄송하지만, 제 성적 취향은 그런 쪽이 아닌데요?"

"끔찍한 소리 그만두고, 요즘 세상이 어떻게 돌아가고 있는지 들어나 보자. 어디 한번 변방부터 아는 대로만 읊어 봐."

석자문이 멋쩍은 표정으로 어색하게 웃으며 읊었다.

"그쪽도 죄송하긴 마찬가지네요. 묘강의 사정은 여전히 제대로 입수되는 정보가 없어서 답보 상태이고, 세외와 관외는 이제 막 애들을 풀어서 살피기 시작한 까닭에 아직은 더 기다려 봐야 해서 이렇다 하게 보고드릴 것이 없습니다."

"천사교의 동향은?"

"그쪽도 전과 동입니다. 내부적으로 어떤 상황이 벌어지고 있는지는 모르겠지만, 겉에서 보기에는 아주 잠잠합니다. 이전에는 그래도 무림맹이나 흑도천상회와 지엽적인 문제로나마 간헐적인 충돌을 벌였었는데, 얼마 전부터는 정말 중 떠난 절간처럼 적막하기 이를 때 없습니다."

"무림맹과 흑도천상회는?"

"걔들이야 말로 여전히 소란스럽지요. 아무리 봐도 걔들은 아직 체계가 제대로 잡힌 것 같지 않습니다. 아직까지도 툭하면 대립이고, 여차하면 이탈하는 방파가 생기고 있습니다."

"다들 잘나서 내부 알력이 장난 아니라는 뜻이겠지."

석자문이 할 말이 많은 표정으로 삐딱하게 설무백을 바라보며 말꼬리를 잡았다.

"순전히 그것만은 아닐 걸요, 아마?"

설무백은 반문했다.

"하고 싶은 말이 뭐야?"

석자문이 기다렸다는 듯 말문을 열었다.

"이유는 알 도리가 없지만, 무림맹은 주군께서 정주부에, 그러니까, 흑점과 무림맹이 자리 잡은 하남성의 성도인 그 정주부에 다녀오신 다음부터, 그리고 흑도천상회는 그로부터 얼마 지나지 않아서부터 내부가 매우 시끄러워졌습니다. 내부의 알력이 부쩍 늘었다는 얘기죠. 그에 대해서 제게 뭐 해 주실 얘기 없으신가요?"

설무백은 내심 고소를 금치 못했다.

어째 석자문의 얼굴이 어딘지 모르게 퉁명스럽다 했더니만, 나름 이유가 있었던 것이다.

정보를 다루는 사람에게 있어 새로운 정보는 무공을 수련하는 무인에게 새롭게 익힐 수 있는 절기와 다름없었다.

그런데 다른 누구도 아니라 믿고 따르는 주군인 설무백이 자신에게 그와 같은 정보를 공유해 주지 않는 것 같자, 못내 서운했던 것이다.

"하여간 서운할 것도 많다."

설무백은 한차례 눈총을 주고는 재우쳐 말했다.

"그리고 명색이 정보를 다루는 사람이 왜 그리 눈치가 없어. 오늘 내가 갑자기 왜 불렀다고 생각하는 거야?"

"아, 그럼……?"

석자문이 이제야 감을 잡은 듯 머쓱한 표정으로 그의 시선을 피했다.

설무백은 끌끌 혀를 차고 나서 말했다.

"그때는 짬을 낼 수도 없었고, 또 어차피 그 일이 아니더라도 한 번은 직접 만나야 할 일이 있을 것 같아서 뒤로 미루었을 뿐이야. 이제 됐지?"

"아, 예. 그야 물론이죠. 하하하……!"

석자문이 애써 넉살을 부리며 웃었다.

설무백은 짐짓 한차례 더 눈총을 주고는 이내 간략하게나마 정주부에 갔을 때, 남궁세가의 남궁유아와 남궁유화 자매, 그리고 흑도천상회 소속인 흑선궁의 비접 부약운을 함께 만나서 각기 무림맹과 흑도천상회의 내부에 그와 소통할 수 있는 조직인 백선과 흑선을 조직한 사실을 알려 주며 말미에 지시를 내렸다.

"앞으로 그쪽하고의 연락을 묘안, 네가 책임져야 할 테니까, 빠른 시일 내에 찾아가서 안전한 연락망을 구축해 놔. 두 쪽 다이미 말은 해 두었으니까."

"두 쪽 다라시면……? 흑도천상회도요?"

"응. 다만 그쪽은 서두르지 않아도 돼. 부약운이 새로운 동료를 포섭하려면 조금 시간이 필요하다고 했으니까."

"옙! 알겠습니다!"

석자문이 이제야 서글서글하고 넉살 좋은 본래의 모습으로 돌아가서 넙죽 고개를 숙이며 대답하고 있었다.

설무백은 그런 석자문의 태도 변화에 새삼 고소를 금치 못하다가 이내 낮은 목소리로 힘주어서 한 가지 더 지시했다.

"그리고 한 가지 더! 최대한 빠른 시일 내에 하오문이 보유한 자금을 철저히 계산해서 기본적으로 사용할 은자만 남겨 두고 전부 다 금원보로 바꿔! 특히 전표는 그 어떤 거대전장의 것이든 상관하지 말고 한 장도 남겨 두지 말고!"

석자문의 안색이 변했다.

이러니저러니 해도 그는 명실공히 정보를 유통해서 자신들의 안전과 이득을 도모하는 하오문의 중추답게 설무백의 말이 무엇을 의미하는지 대번에 이해하고 있었다.

은자가 무용지물이 되고, 제아무리 거대전장의 전표라도 휴지조각으로 변해 버리는 경우가 있다.

바로 전시(戰時)다.

그것도 보통의 전시가 아니라 나라님조차 사람들의 재산을 보호해 줄 수 없이 치열한 전쟁이 벌어지는 경우다.

그리고 설무백은 전부터 그런 시기가 도래할 것임을 그를 포함한 주변의 모두에게 주지시켜 주었었다.

"알겠습니다! 서둘러 거행하겠습니다!"

석자문은 재차 머리를 조아리고 힘주어 대답하고는 서둘러 작별을 고하며 자리를 떠났다.

최대한 빠른 시일 내에 처리하라는 설무백의 말이 그의 발길을 재촉한 이유였다.

석자문은 필요한 말이 아니면 절대 하지 않는 설무백의 성정을 익히 잘 알고 있는 것이다.

설무백은 그렇게 석자문이 떠나고 나서야, 동석하고 있던 제갈명에게 시선을 주었다.

제갈명이 눈치 빠르게 먼저 말했다.

"알겠습니다. 오늘 중으로 정리해서 풍잔이 보유한 모든 자금을 빠른 시일 내에 금원보로 바꾸어 놓도록 하죠."

"양가장에도 알리고."

"네, 양가장에도 알리고요."

"지금 당장."

"네네, 지금 당장요."

제갈명은 바로바로 또박또박 대답을 하면서도 자리를 뜰 생각이 전혀 없어 보였다.

그처럼 영리한 사람이 지금 설무백의 말이 단순히 서두르라는 의미만이 아니라 축객령 혹은 어서 자리를 비워 달라는 독촉과 다름없다는 것을 모를 리가 없을 텐데도 말이다.

이유가 있었다.

설무백의 입에서 나온 당장이라는 말을 태연하게 따라 한 그가 곧바로 그 이유를 덧붙였다.

"하지만 그전에 알아두실 것이 있습니다."

설무백은 뒤늦게 감을 잡으며 물었다.

"뭔데, 그게?"

천왕천의
주인

제갈명이 말했다.

"우리 풍잔의 체계에 약간의 조정이 필요합니다."

"어떤 조정?"

"기존의 조직에 더해서 당(堂)을 조금 늘려야 할 것 같습니다. 지금 계획으로는 내사당(內四堂)과 외사당(外四堂)인 팔대당(八大堂)으로 나눌 예정인데, 나중에 확실한 편성이 이루어지면 각 당의 당주(堂主) 좀 선정해 주세요. 물론 후보군은 제가 따로 선별해서 보고드릴 겁니다."

설무백은 무심결에 절로 툴툴거렸다.

"복잡하군. 지금도 어지러운데, 이러다간 자칫 내가 집안 돌아가는 일을 하나도 모르게 되겠다."

제갈명이 대수롭지 않게 대꾸했다.

"걱정하지 마세요. 원래 조직이 커지고 거느리는 식구가 늘어나면 수장은 다 그렇게 되는 게 정상입니다. 조정(朝廷) 부서를 죄다 기억하는 황제가 없는 것과 같은 이치죠."

"......"

설무백은 선뜻 반박하기 어려울 정도로 묘하게 설득력이 있는 제갈명의 말에 절로 미소를 지으며 물었다.

"언제인데 그게?"

"사나흘 정도면 가능할 것 같습니다. 그때 보고를 올리도록 하겠습니다."

"좋아, 그렇게 해."

"예. 그럼 저는 이만……!"

제갈명은 용무가 끝나기 무섭게 서둘러 밖으로 사라졌다.

과연 영리하게 있어야 할 때와 없어야 할 때를 정확히 알고 있었다.

설무백은 내심 고소를 금치 못하다가 이내 마음을 다잡으며 공야무륵의 곁에서 눈치를 보고 있던 정기룡에게 시선을 주며 불쑥 물었다.

"왜 참가하지 않은 거냐?"

조금 전에 끝난 풍잔의 서열 비무를 두고 하는 질문이었다.

정기룡은 서열 비무에 참가할 자격이 충분함에도 굳이 참가하지 않았던 것이다.

"그냥…… 저는 아직 아닌 것 같아서요."

설무백은 눈살을 찌푸렸다.

"그리 추상적인 대답은 흥미로운 얘기가 될지는 모르겠으나, 누구에게도 도움이 되지 않는다. 대체 뭐가 아직 아닌 것 같다는 거냐?"

정기룡이 전신을 나른하게 만들 만큼 속을 꿰뚫어 보는 것 같은 설무백의 눈빛에 절로 주눅이 들어 움찔하며 대답했다.

"여러모로 부족하기도 하고, 또…….."

말꼬리를 늘인 정기룡이 좀처럼 다시 이어 나가지 못했다.

설무백은 전에 없이 자못 준엄하게 꾸짖었다.

"구차한 변명을 하려니 말이 꼬이는 거다. 모름지기 진정한 사내라면 몸가짐은 신중하되 마음 씀씀이는 가볍고 활발해야 한다. 솔직담백한 모습이야말로 진정한 사내의 전범인 거다. 나는 너를 그런 사내로 봤다. 아니, 분명 그랬다. 한데, 왜 지금은 그러지 못하는 거냐?"

"……!"

정기룡이 설무백의 시선을 견디기 어렵다는 듯 잠시 막막한 표정으로 뜸을 들이다가 대답했다.

"제가 성을 바꾸지 않은 것이 내내 마음에 걸렸습니다. 은혜도 모르는 배은망덕한 놈이라는 생각이 들어서…… 순전히 제 욕심을 채우기 위해서 고집을 부린 것이니 그 외에 다른 것은, 이를 테면 오늘 벌어진 비무는 얼마든지 양보해도 된다고 생각했습니다."

"어리석은 놈!"

설무백은 불같이 화를 냈다.

"아직도 과거를 먹고사는 게냐! 아니면 너를 도운 모든 사람들이 그렇게나 우습고 가볍게 보였냐! 너의 그따위 배려에 고마워할 정도로! 그럼 오늘 비무에 나선 사람들은 죄다 자기 욕심을 채우려고 나선 것이라고 생각하는 거냐!"

"아닙니다! 그건 절대 그렇게 생각하지 않습니다!"

정기룡은 허겁지겁 바닥에 무릎을 꿇고 엎드려서 머리를 조아린 채 울먹거리며 사정하듯 대답했다.

"저, 저는 다만 그렇게라도 하는 것이 조금이나 제가 모두를 위해서……!"

"요미!"

설무백은 매서운 목소리로 요미를 부르는 것으로 정기룡의 말을 자르며 말했다.

"내가 전에 비풍을 배려하는 네게 뭐라고 하더냐?"

험악한 분위기에 숨죽이고 있던 요미가 놀란 사람처럼 설무백의 그림자에서 튀어나와 서둘러 대답했다.

"배려는 좋은 것이나 때론 오만의 또 다른 감정일 수도 있다!"

"또!"

"내가 봐준다, 내가 너를 위해서 이렇게 해 주는 거다, 라는 감정은 서로에게 아무런 도움이 안 된다! 상대를 진정한 동료라고 생각한다면 그건 절대 해서는 안 되는 일이다! 그건 상대를 망치는 것은 물론, 역으로 자기 자신마저 교만에 빠지게 만드는 악수다!"

설무백은 요미의 말이 끝나기 무섭게 새삼 준엄하게 정기룡을 직시하며 신랄하게 꾸짖었다.

"내 제자라는 것 때문에 주변의 시선을 의식하지 않을 수 없다는 것은 안다! 사람이니까 당연히 그럴 수밖에 없지! 하지만 그래서 양보하고 배려한 것이라면 그건 우월감밖에 안 되는 거다! 동료를 무시하고 아래로 보는 거니까! 만에 하나 그저 눈치를 보는 것이라면 그건 더욱 무지몽매한 짓이다! 기본적으로 동료를 믿지 못하는 거니까! 그따위 얄량한 양면성이 너 자신에게나 다른 동료들에게 무슨 도움이 될 것 같으냐?"

"아, 아니……! 저, 저는……! 저는 다만 그저……!"

정기룡이 울먹이는 목소리로 다급히 항변하다가 차마 제대로 말을 이어 나가지 못하고 멈추었다.

돌이켜 보니 자기 자신도 모르게 절로 그런 마음들을 가지고 있었음이 뇌리에 떠올랐다.

"죄송합니다! 제가 오만하고, 무지했습니다! 용서해 주십시오, 사부님!"

정기룡은 더 이상의 항변이나 변명 없이 피가 나도록 바닥에 이마를 찧으며 자신의 과오를 인정하고 사과했다.

설무백은 더는 질타하지 않고 침묵했다.

만족이었다.

구구절절한 사과는 필요 없었다.

그런 건 구차한 변명에 지나지 않는 경우가 흔했다.

진정한 마음의 사죄라면 한마디로도 충분히 족했다.

다만 그는 사부로서 아직 해 줄 말은 있었다.

"오늘 네가 깨달은 그 마음을 절대 잊지 말고 기억해라! 동료를 위하는 최고의 마음은 배려하는 것이 아니라 제대로 어울리는 것이다!"

정기룡이 거듭 이마를 바닥에 찧으며 대답했다.

"명심, 또 명심하겠습니다, 사부님!"

설무백은 이제야말로 개운하고 홀가분한 표정이 되어서 물었다.

"청마진결의 수위는 어디까지 닿았느냐?"

정기룡이 대답했다.

"제자의 자질이 부족하여 추혼마장기는 아직 오 성, 청마경혼수와 청마비검(靑魔飛劍)은 육 성에 머물러 있고, 다행히 이매종의 경신술은 운이 닿아서 팔 성의 경지를 이루었습니다."

설무백은 실로 놀랐다.

정기룡의 나이 이제 고작 열여섯이었다.

북경의 개미굴에서 정기룡을 처음 만났을 때의 나이가 열셋이었으니, 불과 삼 년여 만에 전생의 그가 흑사신이라는 이름을 얻기 시작할 무렵의 경지를 이룬 셈, 서열 비무에 참가했다면 아무리 못해도 삼십 위권에는 들어갈 실력이었다.

"귀매와 함께 지내는 것은 어떠냐?"

설무백은 지난날 귀매 사사무에게 정기룡을 부탁해 놓았다.

정기룡이 반색하며 대답했다.

"예, 좋습니다. 같이 지내면서 많이 배우고 있습니다."

설무백은 가만히 고개를 끄덕이며 말했다.

"청마진결은 절대 하류의 무공이 아니다. 제대로 익힌다면 능히 흑도의 권좌에 앉을 수도 있는 무공이다. 그런 무공을 익힌 지 삼 년여 만에 그 정도 경지라면 너의 자질은 차고 넘친다고 할 수 있다."

"과찬이십니다, 사부님!"

"과찬이 아니라 실로 그렇다. 다만 지금 네가 머물러 있다고 말할 정도로 진보가 더딘 것은 오의를 깨닫지 못해서가 아니라 그저 오의를 깨닫는 과정에서 필연적으로 찾아오는 사념으로 인해 잠시 진보하지 못하고 한곳에 머무르는 정체기에 불과할 것이다. 그러니 절대 실망하지 말고 부단히 노력하면 풀릴 일이다."

정기룡이 놀라면서도 반가운 기색으로 고개를 숙였다.

설무백의 지적은 실로 그가 최근에 느끼고 있던 심정이었던 것이다.

"예, 명심하겠습니다!"

"그리고⋯⋯."

설무백은 웃는 낯으로 덧붙여 말했다.

"그 정도면 이제 내 곁에서 심부름 정도는 할 수 있겠다. 이 제부터 노야들의 지도와 별개로 내 심부름도 해야 하니, 여기서 지내도록 해라. 귀매에겐 내가 따로 얘기하도록 하마. 어쨌거나, 앞으로는 편히 수련할 날이 드물 터. 즉, 단단히 각오해야 한다."

"⋯⋯!"

실로 놀라서 설무백을 바라보는 정기룡의 두 눈에서 또르르 눈물이 흘러내렸다.

감격이었다.

그간 못내 응어리진 그의 가슴이 풀렸기 때문이다.

이거야말로 그가 평소 바라마지 않는 일이었던 것이다.

"분골쇄신, 최선을 다하겠습니다, 사부님!"

정기룡은 그렇듯 기꺼운 마음으로 그 자리에서 설무백에게 모종의 임부를 부여받고 북경상련으로 출발했다.

그리고 설무백은 그렇게 정기룡을 떠나보낸 그 자리에서 그간 망설이던 도전을 감행함으로써 다시금 초월의 격을 쌓으며 새로운 차원으로 도약하게 되었다.

용담호굴龍潭虎窟 (5)

설무백은 전부터, 정확히는 손지량을 통해서 얻은 천마검이 단순한 무기가 아니라 극상의 마기를 내포한 내공인 마공(魔功)의 결정체라는 것을 깨달은 이후부터 오랜 망설임의 시간을 가졌다.

마음대로 사용할 수 없는 물건을 가지고 있는 것만으로도 부담이 적지 않은데, 그 물건이 시시때때로 통제되지 않고 제멋대로 움직이고 있으니, 완전하게 내 것으로 만들지 못한다면 포기라도 해야 한다는 것이 바로 그의 망설임이었다.

그런데 얼마 전 선택의 기로에 서 있는 그를 강하게 다그치는 사건이 벌어졌다.

천마검에 귀속된 마기로 인해 그를 천년마교의 후계자인 천마공자로 오해한 무왕 석정과의 만남이 바로 그것이었다.

석정의 생각은 처음부터 단순한 오해로 볼 수 없었다.

천마공자와의 생사결을 통한 상처로 말미암아 혼수상태와 다름없는 인사불성의 가면상태로 장장 십여 년의 세월을 보내야 했던 사람이, 그것도 천하제일로 꼽히는 절대 고수가 원흉의 기도를 착각한다는 것은 실로 납득하기 어려운 일이었다.

아니나 다를까, 설무백은 얼마 지나지 않아서 석정의 생각에 신빙성을 더하는 얘기를 듣게 되었다.

설무백이 천마검으로 알고 있던 마공의 결정체는 천마검이 아니라 천마검과 더불어 마교의 사대호고지보에 속하는 천마령이었고, 그 천마령은 오직 마고의 주인인 천마의 장자, 천마공자만이 소유할 수 있는 신물이라는 것이 천사교의 백팔사도 중 하나인 구음지마가 죽기 전에 남긴 자백이었던 것이다.

그래서였다.

설무백은 이제 더 이상 선택을 미룰 수 없었다.

어쩌면 자신은 천마공자의 핏줄을 통해서 환생한 것일 수도 있었다.

아니, 석정의 말에 따르면 실로 그럴 가능성이 매우 농후했다.

사실이 그렇다면 자신의 뜻대로 움직일 수 없는 천마령의 존재를 이대로 방치할 수 없었다.

천마령이 지금의 그에게 있으나 마나 한 물건이라는 것은 차치하고, 수수방관했다가는 언제고 그에게 크나큰 악재로 작용할 수 있다는 생각이 들었다.

그의 의지와 무관하게 상대의 진기를 빼앗는, 그것도 마공만을 전문적으로 흡수하는 천마령은 스스로 힘을 키우고 있는 것으로 봐도 무방한 것이다.

'지금의 상태는 발동만 시킬 수 있을 뿐, 중도에 그치거나 막을 수가 없는 거다! 이건 어떤 계기를 통해 얼마든지 중도에 그치거나 막을 수도 있다는 뜻이다!'

홀로 거처의 지하인 연공실로 내려온 설무백은 그와 같은 생각으로 각오를 다지며 가부좌를 틀고 앉아서 좌수에만 머물도록 해놓은 천마령을 봉인을 풀었다.

다시금 자신의 내공과 천마령의 합체를 시도하려는 것이다.

이번에도 실패한다면 천마령을 포기하겠다는 생각이었다.

그간 거듭된 비약으로 말미암아 무소불위의 경지에 올랐다고 자부하는 내공에 대한 자신감이 있기는 했으나, 그에 앞서 이대로 가다간 그가 천마령을 통제하기 전에 천마령이 그를 통제할 수도 있다는 두려움이 들어서 내린 결단이기도 했다.

'그간 나만큼이나 이 녀석도 내공을 쌓긴 했지만……!'

설무백이 눈코 뜰 새 없이 바쁜 와중에도 거의 하루도 거르지 않고 운기조식과 운기행공을 해서 내공을 증진했다면, 천마령은 서너 명의 마공을 흡수함으로써 보다 더 강성해졌다.

그는 비록 천마령을 통제할 수는 없지만 느낄 수는 있기에 그와 같은 사정을 충분히 알 수 있었다.

그리고 과연 그게 사실이었다.

천마령은 봉인이 풀리자 전에 없이 강성한 기세의 마기를 드
러내며 그의 체내로 침습해 들기 시작했다.

설무백은 우선 전과 같은 방법을 사용했다.

자신의 진기를 동원해서 침습해 들어오는 천마령의 마기를
적당히 막아 내며 더 이상 자신의 육체로 침습하지 못하게 타
협을 시도하는 한편으로, 천마령의 마기를 서서히 자신의 내공
에 흡수하려는 시도가 바로 그것이었다.

놀랍게도 효과가 있었다.

전에는 천마령의 막강한 마기에 막무가내로 밀리는 바람에
전혀 효과를 보지 못하고 중도에 포기하고 말았는데, 이번에는
달랐다.

설무백의 내공은, 바로 대성을 이룬 천기혼원공의 진기는
전처럼 일방적으로 밀리지 않고 그의 의지대로 서서히 물러났
고, 그는 그사이에 천마령의 마기와 긴밀하게 타협해서 조금
씩 일부나마 자신의 진기로 포섭하기 시작했다.

그러나 이내 문제가 발생했다.

극히 일부이긴 해도 매우 순조롭게 진행되던 진기의 합일이
갑자기 빠르게 진행되었다.

처음에는 흙탕물이 번지는 것처럼 서서히 진행되는 듯했으
나, 이내 둑이 무너진 강물처럼 거센 격류를 이루며 맹렬하게

밀고 들어오는 마기로 인해 뜨거운 열기가 일어나고, 엄청난 고통이 엄습했다.

아련히 느껴질 정도로 침습하던 천마령의 마기가 폭주하듯 갑자기 무지막한 힘을 일으키며 밀고 들어오기 시작한 것이다.

설무백은 지그시 어금니를 악물었다.

폭주의 시기만 조금 달라졌을 뿐, 전에도 이랬고, 그래서 그는 주화입마의 두려움 속에 그대로 진기의 합일을 멈추어 버렸었다.

그러나 오늘은 그럴 수 없었다.

'아직은 아니다!'

의지대로 진기의 폭주를 멈출 수 있다는 것은 아직 그의 내공이 천마령의 마기를 누를 수 있다는 뜻이고, 그건 결국 지금이 최악의 순간은 아니라는 결론이었다.

설무백은 천마령의 마기가 폭주하듯 빠르게 침습하는 기혈에서부터 시작된 열기가 전신으로 번져 나가서 온몸이 불타는 것 같은 고통을 악착같이 버티고 또 버티며 사력을 다해서 기의 합일에 매달렸다.

비명을 지르고 싶어도 지를 수 없는 극고의 고통이 그의 정신을 서서히 혼미하게 만들었으나, 그는 포기하지 않았다.

그리고 그는 그렇게 너무 뜨거우면 오히려 차갑게 느껴진다는 식으로 고통마저 무감각해지는 시점을 맞이하며 시간의 흐름을 잊어버렸다.

새로운 변화가 일어난 것이 바로 그 시점이었다.

체내로 침습하는 천마령의 마기를 최대한 막기는 막았으나, 엄연히 천마령의 폭주를 누르기 위해서 서서히 밀려 주며 진기의 합일을 시도하는 중이었기에 결국 천마령의 마기는 그의 단전까지 침습했다.

그 순간 그의 단전이 거대한 화약고에 불이 붙은 것처럼 연쇄적인 폭발을 일으켰다.

물론 실제로 폭발을 일으킨 것이 아니라, 그렇게 느껴질 정도로 강렬한 고통이 그의 머리끝에서 발끝까지 전달되었다.

마치 천기혼원공의 진기가 단전을 마지막 보루로 생각하며 천마령의 마기와 최후의 결전을 벌이는 것 같았다.

여태까지의 폭주가 일방적으로 천마령의 마기에 의한 것이라면 단전에서의 폭발은 천기호원공의 진기까지 폭주한 결과라서 더욱 그런 느낌이 강했다.

'아……!'

설무백은 이제야말로 어쩔 수 없이 천마령을 포기해야 한다고 생각하며 아쉬운 탄성을 삼켰다.

이제 더 이상은 견딜 수 없었기에, 정신을 잃어버리면 그나마 죽도 밥도 안 되기 때문에 다른 도리가 없었다.

그런데 그때, 설무백이 천마령의 마기를 체내에서 몰아내기 위해 사력을 다해서 천기혼원공의 힘을 극대화시키려는 순간이었다.

단전에서 일어난 무지막지한 폭발의 고통을 버티며 혼절하지 않기 위해서 어금니를 악무는 그에게 믿을 수 없는 상황이 벌어졌다.

전신을 잠식하던 고통이 한순간에 명멸한 섬광처럼 소멸되며 더 없이 상쾌한 기분이 찾아들었던 것이다.

"......!"

설무백은 크게 당황했으나, 이 또한 주화입마로 갈 수 있는 감정이기에 애써 냉정을 잃지 않고 침착하며 사정을 살폈고, 이내 깨달았다.

단전에서 일어난 폭발은 천마령의 마기와 천기혼원공의 진기가 서로를 밀어내려던 것이 아니라 끌어당기다가 일어난 폭발이었다.

일각에서 부분적으로 조금씩 일어나던 진기의 합일이 단전에서 일시지간 동시에 벌어지는 바람에 마치 거대한 폭발과도 같은 증상을 일으켰던 것이다.

'됐다!'

설무백은 절로 가슴 벅차게 차오르는 환희를 애써 억누르며 서둘러 운기행공에 들어갔다.

일단은 천마령의 마기를 흡수한 천기혼원공의 기질이 어떤 형태로 변화했는지 확인하고 싶었다.

그러나 그는 잠시 무아지경을 헤맸을 뿐, 별다른 차이점을 찾지 못했다.

운기행공을 하는 동안에도, 그리고 운기행공을 끝난 다음에도 그랬다.

그저 이전보다 조금 몸이 가볍고, 기분이 상쾌하다는 것이 달라진 변화라면 달라진 변화였다.

아니, 한 가지는 분명히 전과 달랐다.

천마령의 마기가 봉인되어 있던 그의 왼손에는 이제 예전처럼 묵직한 느낌이 전혀 없었다.

설무백은 이전에 천마령의 마기를 발현시키기 위해서 했던 것처럼 왼손에 내공을 집중해 보았다.

순간, 그의 단전을 비롯한 사지백해, 기경팔맥의 요소요소에서 무언가 벌레가 스멀스멀 기어 다니는 것 같은 간지러움이 느껴지는가 싶더니, 왼손바닥에서 예의 붉은 수정과 같은 칼날이 불쑥 솟아났다.

붉은 수정과 같다는 점에서는 같지만, 예전의 칼날이 짙게 붉은 수정이라면 지금의 칼날은 은은한 붉은 빛을 뿌리는 투명한 수정이었다.

하물며 전처럼 지독한 마기를 풍기지도 않는데다가, 주변의 빛에 동화하는 까닭에 얼핏 보면 그냥 얼음 조각으로 볼 수도 있을 것 같았다.

"혹시……?"

설무백은 실로 혹시나 하는 마음으로 내력을 거두어서 천마령을 흡수한 다음, 이번에는 왼손이 아니라 오른손에 진기를 주입해 보았다.

되었다.

천마령의 기운이 그의 오른손에서도 솟아났다.

오른손에서 솟아난 천마령을 주시하는 설무백의 입가에 절로 미소가 드리워졌다.

그는 이제야 확신할 수 있었다.

천마령의 마기는 이제 완벽하게 그의 내공인 천기혼원공과 결합해서 완전한 하나가 되었다.

천마령을 불러내는 순간에 전신에서 일어나는 간지러움은 바로 그래서였다.

천기혼원공과 합체한 천마령의 기운을 따로 분리하는 과정에서 일어나는 혹은 느껴지는 간지러움인 것이다.

"휴우……!"

설무백은 천마령의 기운을 흡수한 다음, 긴 심호흡으로 마음을 가다듬으며 새삼 전신의 내공을 운기해 보았다.

상쾌한 가운데, 넘쳐나는 기운을 느낄 수 있었다.

생각과 동시에 극대화되는 기운이 그의 시선을 따라 움직이고 있다는 것도 온몸으로 느껴졌다.

아직은 천마령의 기운이, 그 엄청난 마기가 그에게 어떤 변화와 도움을 주었는지는 정확히 모르겠으나, 한 가지 확실하게 느껴지는 것은 있었다.

지금의 그는 무소불위라고 생각하던 이전의 내공보다도 한

차원 더 높은 경지의 내공을 습득한 상태였다.

주변의 사물이 한결 더 선명해 보이고, 사소한 움직임 하나에도 느껴지는 바람이 솜털 하나에도 섬세하게 느껴지는 것은 아마도 그 때문일 것이다.

'이건 실로……!'

설무백은 절로 희열에 찼다.

지난날 그는 천마검으로 오해한 천마령을 얻었을 때, 혹시나 천마검에 담긴 기운이 마교의 역대 교주들이 이룩해 놓은 내공의 정화가 아닐까 하는 생각을 했었다.

일명 천마라 불리는 역대 마교주들은 무형의 진기를 유형화할 수 있는 마공을 통해서 자신들의 내공인 천마불사심공을 일종의 단(丹)으로 형성할 수 있고, 자신의 천명이 다하는 순간에 그 단을 후계자에게 물려줌으로써 대대로 천마의 힘을 유지하도록 한다는 얘기가 전해지기에 들었던 생각이었다.

그런데 그것이 사실이었다.

천마령의 기운은 비록 천마불사심공의 정화는 아닐지 몰라도 역대 마교 중 누군가의 혹은 여러 명의 내공이 응축되어 있는 것만큼은 확실했다.

지금 그가 느끼는 진기의 무한한 충만함은 그게 아니면 도저히 설명될 수 없는 것이었다.

"후……!"

설무백은 거듭 심호흡을 하고도 부족해서 자리를 박차고 일어나 잠시 주변을 서성거리며 진정했다.

자신을 기다리는 인기척이 들려서 연공실을 벗어나야 하는
데, 전에 없이 북받치는 감정이 더러운 욕정처럼 쉽게 가라앉
지 않았다.

이윽고, 애써 마음을 다잡은 그가 연공실을 벗어났을 때, 거
처의 침실에는 그가 운기행공을 끝내는 순간에 감지했던 대로
적지 않은 사람들이 모여 있었다.

앞서 대기하라고 일러 둔 공야무륵과 요미, 흑영, 백영을 제
외하고도 제갈명를 비롯해서 검노와 쌍노가 바로 그들이었는
데, 거처의 밖인 대청에는 그보다 더 많은 사람들의 기척이 느
껴지고 있었다.

제갈명이 걱정스럽게 쳐다보며 물었다.

"별일 없으신 거죠?"

설무백은 무심하게 되물었다.

"별일 있어 보여?"

제갈명이 한숨을 내쉬었다.

"보기엔 그러네요. 어째 피죽 한 그릇 못 먹은 얼굴이라……
하긴, 그렇게 굶은 게 사실이긴 하지만…….

설무백은 퉁명스럽게 말을 얼버무리는 제갈명의 태도를 떠
나서 방에서 기다리고 있던 공야무륵 등의 어딘지 모르게 핼쑥
해 보이는 얼굴을 보자 대충 상황을 짐작할 수 있어서 멋쩍은
표정으로 물었다.

"며칠이나 지났지?"

전에도 이런 경우가 있었다.

운기행공 도중 본의 아니게 무아지경에 빠졌을 때였다.

잠시 잠깐 혹은 고작해야 반나절이나 지났을까 했는데, 몇 날 며칠이 지나 버렸었다.

아니나 다를까, 이번에도 그랬다.

그의 기색을 유심히 살피고 나서 한시름 놨다는 표정으로 한숨을 내쉰 제갈명이 신경질을 부리듯 버럭 하는 목소리로 그것을 알려 주었다.

"양위보, 양위명 형제가 열 번이나 다녀갔습니다!"

설무백은 이제야 사정을 알고는 멋쩍게 입맛을 다셨다.

양가장에 갔을 때 양위보, 양위명 형제들에게 내일부터 십자경혼창의 정수인 추혼일섬을 가르쳐 주겠다며 저녁에 오라고 했다.

그런데 그들, 형제가 열 번이나 왔었다는 것은 결국 그사이 열흘이나 지났다는 뜻이 되는 것이다.

"그렇군."

제갈명이 대수롭지 않게 넘기려는 그의 속내를 예리하게 읽은 듯 대놓고 툴툴거렸다.

"부탁드리는데, 앞으로 이런 일이 있을 것 같으면 제발 좀 미리 얘기 주면 안 되겠습니까? 외유를 나갔을 때는 몰라도, 집안에서 이러시면 정말 제가 답답해집니다! 다들 이제나 저제나 혹시나 해서 일을 안 한다고요, 일을!"

설무백은 쓰게 입맛을 다셨다.

이건 분명 사과할 일이 아니라고 생각하면서도 못내 미안한 마음이 들어서 절로 멋쩍은 표정이 되어 버리는 그였다.

그때 제갈명이 마치 성난 시어머니처럼 한 번 더 눈총을 주며 재우쳐 말했다.

"아무려나, 어서 제이객청으로 가 보세요! 개방의 걸개들이 벌써 이틀이나 눈이 시뻘게서 기다리고 있습니다!"

파란무림 波瀾武林 (1)

설무백은 개방의 걸개들이 찾아왔다는 얘기를 들었을 때 당연히 파면개나 천이탁을 예상했다.

실제로 풍잔을 방문한 개방의 걸개들 중에는 그들 중 한 사람인 파면개가 포함되어 있었다.

다만 이번에 풍잔을 찾은 개방의 걸개들을 이끄는 사람은 파면개가 아니라 설무백이 미처 예상하지 못한 인물이었다.

북개방의 방주였던 홍염개 이건과 더불어 공동 방주로서 통일개방을 이끄는 인물, 남개방의 방주였던 대선풍 황칠개 혹은 손가락이 아홉 개라서 구지신개라고도 불리는 적봉이 바로 그였다.

"처음 뵙겠소, 설 객주. 아니, 대당가라 불러야 하는 건가?

아니면 공자나 소협? 아무튼, 만나서 반갑소. 적봉이오."

설무백이 제이객청에 도착했을 때, 적봉 등은 제이객정의 앞마당격인 정원의 정자에 나와 앉아 있었다.

특히 적봉은 화산파의 무허와 담소를 나누고 있다가 뒤늦게 그를 발견하고 맞이했는데, 태도가 영 불량했다.

존칭과 평대, 하대를 섞어 가며 설무백의 호칭을 이리저리 돌리는 것도 그렇고, 공수를 하며 달랑 자신의 이름만 밝히는 것도 예의가 아닌 태도였다.

'원래 이런 사람이었나?'

아니었다.

전생의 기억을 뒤져 봐도 원래 이런 사람은 아니었으니, 이 건 의도적이라고밖에 볼 수 없었다.

지금 적봉은 그를 떠보고 있는 것이다.

그러나 설무백은 어설픈 석봉의 장난에 놀아날 생각이 전혀 없었다.

그는 짐짓 희떠운 눈초리로 적봉을 위아래로 훑어보며 물었다.

"그래서요?"

적봉의 안색이 변했다.

자신이 전혀 예상하지 못한 설무백의 반응에 적잖게 당황한 눈치였다.

옆에서 눈치를 보고 있던 파면개가 급히 나섰다.

"저기, 대당가! 이분은……!"

"압니다, 이분이 누군지는!"

설무백은 즉시 파면개의 말을 자르며 냉정하게 따졌다.

"다만 내가 궁금한 것은 그래서 뭘 어쩌자는 거냐, 이겁니다. 사정이 있어서 찾아왔으면 정중하게 예의를 지켜야지요. 예의 없게 왜 나를 떠봅니까, 떠보길? 어리다고 무시하는 버릇, 그 거 좋은 거 아닙니다."

"……!"

파면개가 이러지도 저러지도 못하겠다는 표정으로 함구했다.

설무백의 말에 동조하자니 석봉이 걸리고, 석봉을 옹호하자니 설무백의 분노가 께름칙한 것이다.

석봉의 태도를 보는 설무백의 평가가 옳기 때문이다.

그때 석봉이 멋쩍게 웃으며 나섰다.

"대당가, 약간의 오해가 있는 것 같은데……!"

파면개를 바라보고 있던 설무백의 시선이 순간적으로 석봉 에게 돌려졌다.

석봉, 황칠개가 순간적으로 허깨비처럼 공중으로 둥실 떠서 대청의 구석까지 물러나서야 바닥으로 내려섰다.

바닥으로 내려선 그의 손에는 와중에 뽑아 든 개방의 상징인 타구봉(打狗棒)이, 그것도 장문신표인 벽옥(碧玉)으로 만든 타구봉 인 취옥장(翠玉杖)이 들려 있었다.

일시지간 그 정도로 긴장했다는 뜻이었다.

장내의 모두가 이유를 몰라서 어리둥절한 눈빛으로 석봉을 바라보았다.

설무백을 바라보는 황칠개의 얼굴이 그사이 홍시처럼 붉게 달아올랐다.

기실 황칠개는 설무백이 뿜어낸 무형지기에 놀라서 부지불식간에 뒤로 물러났다.

설무백이 오직 그만 느낄 수 있도록 무형지기를 발산했던 것이다.

설무백은 그런 황칠개를 지그시 바라보며 물었다.

"기분이 어때요?"

황칠개가 수중의 타구봉을 주섬주섬 허리에 갈무리하며 대꾸했다.

"엿 같군."

설무백은 절로 픽 웃었다.

웃을 때가 아닌데, 예기치 못한 황칠개의 대꾸에 절로 나온 실소였다.

'악의는 없었나?'

확실하진 않아도 그런 것 같았다.

그의 도발에 반응하는 태도를 보니 태생이 야신 매용광처럼 해학적인 성정의 소유자일 수도 있다는 생각이 들었다.

설무백은 그제야 애써 감정을 풀며 말했다.

"제 기분이 그랬습니다."

황칠개가 쓰게 입맛을 다시며 대꾸했다.

"그렇다면 내가 사과하지."

그리곤 이내 어색한 미소를 지은 채 자못 냉담한 기색으로 설무백에게 다가오며 투덜거렸다.

"하지만 아무리 그래도 그렇지, 내가 초면에 조금 격의 없이 굴었기로서니, 이건 너무 심한 거 아니오? 세상 너무 메마르고 각박하게 사는 것 같소, 대당가."

설무백은 솔직히 인정했다.

"제가 좀 그런 면이 있긴 하죠. 하지만 거기 같이 오신 두 분도 저와 별반 차이가 없는 것 같은 걸요?"

황칠개의 일행은 파면개를 제외하고도 세 사람이 더 있었다.

한 사람은 설무백도 익히 잘 아는 황칠개의 제자 소선풍 소붕이었고, 다른 두 사람은 낯선 중년의 걸개들이었는데, 바로 그 두 명의 걸개가 싸늘해진 눈초리로 설무백을 노려보고 있었다.

설무백과 황칠개의 대화를 듣고 나서 앞서 황칠개가 멀찍이 물러난 내막을 깨닫자 분노를 드러낸 것이다.

"허허, 이렇게 빡빡한 사람들을 보았나."

황칠개가 그제야 사태를 파악하고는 중년 걸개들을 향해 끌끌 혀를 차며 자못 눈총을 주었다.

"나는 이러고 있는데, 자네들이 그러고 있으면 어쩌자는 게야? 이렇게 손발이 안 맞아서야 어디 쓰겠나?"

중년 걸개들이 찔끔하며 고개를 숙였다.

"죄, 죄송합니다."

황칠개가 새삼 마뜩찮은 표정으로 혀를 차고는 이내 설무백을 향해 멋쩍은 미소를 지으며 말했다.

"미안하오. 하지만 이해해 주시게. 둘 다 이번에 새롭게 선출된 법개(法丐)들이기도 하고, 개방 내부에 약간의 문제가 있기도 해서 다들 신경이 예민하다오."

설무백은 절로 고개를 끄덕였다.

개방의 법개는 비록 육결의 제자지만, 방규를 지키는 수호신과 같은 존재이며, 그래서 단순히 무공으로만 따진다면 개방과 한평생 생사고락을 같이해서 마침내 칠결의 지위에 오른 백전노장들인 장로의 수준을 훨씬 상회하는 무공의 소유자들로 알려진 고수들이었다.

어쩐지 제법 예사롭지 않은 기도를 풍기는 걸개들이다 했더니만, 두 명의 중년 걸개가 다 개방에 여덟 명밖에 없는 법개들이었던 것이다.

그들, 두 법개가 설무백을 향해 공수했다.

그들은 전혀 하고 싶은 기색이 아니었으나, 황칠개의 눈빛이 그들의 등을 떠민 것으로 보였다.

"삼안수(三眼手) 마원(馬猿)이오."

"철괴장(鐵拐杖) 목정심(木情深)이오."

설무백은 내심 고개를 갸웃했다.

통일개방의 법개씩이나 되는 인물들이면 적어도 그의 기억에 들었을 것이라고 생각했는데 전혀 그렇지가 않았다.

두 사람 다 처음 들어 보는 명호였다.

'개방 내부의 문제가 그만큼 중하다는 뜻인가?'

대외적으로 알려지지 않은 인물들을 요직에 앉히는 이유는 둘 중 하나였다.

그들이 외부로 알려지지 않은 숨은 고수이거나, 그들이라도 빨리 자리에 앉혀야 할 정도로 내부의 사정이 좋지 않다는 것이 바로 그것이었다.

그런데 아무리 봐도 마원과 목정심은 전자의 경우로 치부할 수 있을 정도의 고수들이 아니었다.

하긴, 제갈명의 말에 따르면 황칠개 일행은 이틀 전에 왔다고 했다.

개방의 방주씩이 되는 거물이 찾아온 것만으로도 결코 가볍게 치부할 일이 아닌데, 무려 군소리 하나 없이 이틀이나 기다렸다고 하는 것은 사안이 그만큼 중대하다는 뜻일 것이다.

'대체 무슨 일이지?'

설무백은 아무리 전생의 기억을 더듬어도 작금의 시점에 개방에서 일어날 문제는 떠오르지 않았다.

그는 늘 그렇듯 거두절미하고 물었다.

"이 정도면 첫인사치고는 거하게 한 것 같으니까, 그만 본론으로 들어가죠. 무슨 일로 오신 겁니까?"

황칠개도 지지부진 대화를 늘이고 싶은 마음이 없는 것 같았지만, 매우 신중했다.

그의 말을 듣기 무섭게 주위의 이목부터, 바로 설무백이 대동한 공야무륵과 제갈명부터 살폈다.

설무백은 황칠개의 속내를 읽고는 단호하게 말했다.

"저를 믿는다면 이들도 믿으셔야 합니다."

황칠개가 알겠다는 듯 고개를 끄덕이며 더 없이 신중한 기색으로 변해서 본론을 얘기했다.

"며칠 전 홍염개 이건이 죽었소. 암살이오. 나는 그 점에 대해서 설 대당가와 긴히 의논할 얘기가 있어서 찾아왔소."

설무백은 한 방 맞은 표정으로 잠시 굳어졌다.

홍염개 이건은 이전 북개방의 방주로 지금은 황칠개와 더불어 통일개방을 이끌어 가는 개방의 양대 산맥이었다.

그런데 난데없이 그런 홍염개가 죽었다는 것이다.

그것도 암살이라고 했다.

'그러고 보니……?'

설무백은 충격의 와중에서 섬광처럼 뇌리를 스치는 무언가가 있어서 새삼스러운 눈빛으로 황칠개 등을 둘러보았다.

황칠개와 소선풍 소붕, 법개들이라는 마원과 목정심, 그리고 파면개의 모습이 그림처럼 그의 시선을 스쳐 지나갔다.

안 그래도 어딘지 모르게 어울리지 않는 조합이라고 생각했는데, 홍염개 이건이 죽었다는 얘기를 듣자 더욱더 불합리한 조합이라는 생각이 들었다.

제아무리 남개방과 북개방이 손을 잡고 통일개방으로 거듭났다고 하더라도 어떤 이유에서든지 간에 홍염개의 죽음을 듣고 온 사람이 이전 북개방의 요인들이 아니라 황칠개 등인 남개방의 요인들이라는 것은 선뜻 납득하기 어려운 일이었다.

최소한 취죽개와 천이탁이 동행했어야 했다.

파면개가 왔는데 그들이 오지 않았다는 것은 아무래도 그럴만한 다른 이유가 있다고 밖에는 생각할 수 없었다.

그리고 그럴 만한 다른 이유는 아무리 생각해도 한 가지뿐이었다.

'설마……?'

아무래도 설마가 아닌 것 같았다.

혹시나 하는 마음에 바라보다가 시선이 마주친 파면개의 얼굴이 곤혹스럽게 일그러지고 있었다.

그때 안 그런 척 은연중에 그의 눈치를 살피던 황칠개가 쐐기를 박는 한마디를 더했다.

"우리는 취죽개를 의심하고 있소."

역시나 이것이었다.

이것이 지금 이 자리에 다른 누구보다도 있어야 할 두 사람, 취죽개와 천이탁이 빠진 이유였다.

설무백은 가슴이 차갑게 식는 것을 느끼며 황칠개를 바라보았다.

홍염개의 부고가 가져다준 충격은 이제 더 이상 그에게 없었다.

마땅히 이 자리에 있어야 할 취죽개와 천이탁의 부재가 전해 주는 경고가 그 자리를 대신했기 때문이다.

그는 냉정하게 황칠개의 시선을 마주한 채 잠시 생각했다.

'취죽개는 아니다. 그에게는 홍염개를 죽일 이유가 없다.'

얼마 전 취죽개가 홍염개의 뒤를 이어서 북개방의 방주가 되었다는 소식을 들었다.

자세한 내막은 모르겠으나, 들리는 소문에 따르면 남개방의 황칠개에 비해 상대적으로 연로한 홍염개가 통일개방의 위업에 앞서 북개방의 입자를 다지기 위해 방주의 자리를 취죽개에게 물려준 것이라고 했다.

즉, 그들, 두 사람의 관계가 그처럼 끈끈하다는 것은 차치하고, 이미 북개방의 모든 기반을 물려받은 취죽개가 미쳤다고 자신의 든든한 후원자인 홍염개의 목숨을 노릴 것인가.

절대 가당치 않았다.

'하물며 취죽개는 개왕의 유전을 얻은 몸이라 그 무엇도 아쉬울 것이 없는데……!'

상황을 따지며 깊은 생각을 이어 나가던 설무백은 문득 고개를 저었다.

취죽개가 개왕의 유전을 얻었다는 것을 아는 사람은 아직 그밖에, 아니, 천이탁에게도 알려 주었으니 그와 천이탁 두 사람밖에 없었다.

취죽개가 홍염개에게 알렸을 수도 있으나, 홍염개는 이미 죽었다고 하질 않는가.

결국 지금 그에게 홍염개의 부고를 알리는 황칠개는 그것을 즉, 취죽개가 우연찮은 계기로 개방의 선대 중 최고수로 평가받는 개왕 이타성의 유전을 얻었다는 사실을 전혀 모르고 있는 것이다.

'게다가 무엇보다도 이 사람은 그런 개방 내부의 문제를 의논하기 위해서 나를 찾아올 이유가 없다. 그럴 만한 친분도 아니고, 그럴 만한 교류도 없었다.'

설무백은 마음을 다잡으며 불쑥 물었다.

"이유가 뭐죠? 취죽개를 범인으로 보는 이유요."

황칠개가 대답했다.

"아무래도 그가 마도에 빠진 것 같소."

설무백은 절로 고개를 끄덕였다.

수긍이나 긍정이 아니라, 없는 가운데에서 그나마 가장 그럴듯하게 들리는 이유라는 생각이었다.

그러나 여전히 그는 믿을 수 없었다.

그래서 내심 수긍하거나 인정하는 대신 황칠개의 시선을 마주한 채로 전생의 기억을 더듬기 시작했다.

'……가만, 이자가 취죽개보다 먼저 죽었었지, 아마?'

개방이 반으로 갈라져 있던 시절에는 각기 남개방의 방주와 북개방의 방주를 남북쌍개라고 불렀다.

북개방의 취죽개와 남개방의 황칠개가 통일개방의 위업을 이룩한 이후에도 줄곧 남북쌍개로 불리며 명성을 쌓은 이유가 그 때문이었다.

취죽개와 황칠개는 개방이 남북으로 갈라졌던 시절의 마지막 남북쌍개인 까닭에 통일개방 이후에도 그 호칭을 그대로 유지했던 것이다.

그들, 두 사람의 사후에는 더 이상 방주가 아니라 각기 남북에서 뛰어난 인재가 나올 때마다 마치 하나의 훈장처럼 남개(南丐)와 북개(北丐)라는 명호가 붙게 되는 개방의 전통이 생겼고 말이다.

그래서였다.

무림사에 별반 관심을 두지 않고 살던 전생의 설무백도 이래저래 변혁의 시점을 맞이한 개방의 사건이라 그들의 죽음을 정확히 기억하고 있었다.

죽음의 내막은 자세히 기억나지 않지만, 홍염개가 가장 먼저였고, 그다음이 황칠개가 죽었다.

그리고 취죽개는 전생의 설무백이 죽기 전까지도 개방도를 이끌며 암천의 그림자들과 싸우고 있었다.

'내가 서른아홉에 죽었고, 그 이전 육 년인가 칠 년 전에 이자가 죽었다. 사인도 기억난다. 암천의 그림자들과 싸우다가 전사했다는 소문이 돌았지. 그게 지금의 시점으로 따지면……?'

이제 설무백의 나이 스물셋이었다.

단순히 시간적으로만 놓고 따져 보면 지금으로부터 대략 구년 이후에 벌어질 일이었다.

'하지만!'

설무백은 내심 고개를 저었다.

지금 돌아가는 현실은 그가 기억하는 전생의 역사와 같지 않았다.

아직도 그의 환생이 역사의 흐름을 비틀어 놓았다는 확신은 없지만, 적어도 그가 환생한 이후 많은 것이 달라졌고, 또 달라지고 있다는 것만큼은 틀림없는 사실이었다.

그래서 그는 선뜻 결정을 내릴 수가 없었다.

작금의 전후 사정을 따져 보면 홍염개의 부고를 들고 찾아온 황칠개가 다른 누구보다도 가장 의심스러웠다.

다른 것을 다 떠나서 파면개에게 무슨 얘기를 어떻게 들었는지는 몰라도, 자기보다 더 북개방의 요인들과 친밀하게 지내던 그를 찾아와서 취죽개가 홍염개를 암살한 것 같다는 것을 밝히는 저의가 무엇인지 참으로 알다가도 모를 일이라 더욱더 그랬다.

하지만 그런 개인적인 의심만 가지고 황칠개에게 죄를 묻거나 혹은 단죄하고 싶지는 않았다.

그래서는 안 되는 일이었다.

통일개방을 주도한 남북쌍개의 하나인 황칠개는 암천의 그림자들과, 지금 시점으로 보면 바로 마교도들과 싸우다 전사한다는 것이 그가 가진 전생의 기억인 이상, 지금 황칠개에게 손을 대면 역사가 바뀐다는 것을 의미하기 때문이다.

어떤 식으로든 가급적 기존의 역사를 바꾸고 싶지 않다는 것이 그의 솔직한 심정인 것이다.

'그게 앞으로 맞이할 싸움에 도움이 되기도 하고!'

이윽고, 그렇게 마음을 정한 설무백은 한결 냉정해진 심정으로 황칠개를 바라보며 물었다.

"그렇다면 제가 궁금한 것은 이겁니다. 노선배께서는 대체 왜, 무슨 연유로 개방의 내밀한 사건인 그것을 이 먼 난주까지 찾아와서 제게 말해 주는 겁니까?"

황칠개가 뜨거운 눈빛으로 그의 시선을 마주한 채로 잠시 뜸을 들이다가 대답했다.

"사실을 말하자면 그에 대한, 그러니까 취죽개가 마도에 빠졌다는 증거를 찾기 위함이오. 대당가가 이전부터 그의 제자와 친밀했고, 그와도 친분이 있는 사이라고 해서 무언가 아는 바가 있지 않을까, 도움을 받을 수 있지 않을까 하는 것이오."

설무백은 가만히 고개를 끄덕였다.

진심인지 가식인지는 알 수 없어도, 역시나 지금 황칠개의 말은 그를 찾아올 이유 중에서 가장 그럴 듯한 이유였다.

그는 슬쩍 파면개를 쳐다보며 물었다.

"같은 생각이기에 어쩌면 사형의 등에 비수를 꽂는 것일 수도 있음을 알면서도 이리 안내자로 나선 것이겠죠?"

파면개가 단호한 표정으로 고개를 끄덕이며 대답했다.

"최근 들어서……!"

"아니, 됐습니다. 더는 개방의 속사정을 듣고 싶은 생각은 없습니다. 세상에 공짜는 없지요. 틀림없이 그에 따른 대가를 지불해야 할 텐데, 그러기는 싫네요. 그냥 그런 건지 아닌 건지만 확인해 주세요."

"……그렇소."

"알겠습니다. 그럼 제가 아는 바와 의견을 있는 그대로 솔직하게 말씀드리면 되는 거겠죠?"

설무백은 새삼 확인의 말을 건네며 황칠개를 바라보았다.

황칠개가 정중히 고개를 숙였다.

"부탁하겠소."

설무백은 뜸을 들이지 않고 추호도 가감 없이 자신의 생각을 밝혔다.

"어디서 무슨 말을 들었는지는 무르겠지만, 무진개 천이탁이라면 몰라도 그의 사부인 취죽개와는 그리 친분이 두텁지 않습니다. 그저 안면이나 익힌 사이에 불과하죠. 그럼에도 어쨌거나 아는 건 아는 거니 저의 의견을 말하자면 그건 전혀 아니라고 생각합니다."

"아니다?"

"예, 아닙니다. 저는 취죽개에게서 그 어떤 마기도 느껴 본 바가 없습니다. 천이탁이야 너무나 그래서 언급할 가치도 없고 말입니다."

"실로 그 말에 책임을 지실 수 있겠소?"

설무백은 조금 냉정하게 바뀐 황칠개의 눈빛을 마주하며 특유의 미온한 미소를 입가에 드리웠다.

"장담은 하겠습니다만, 책임까지야…… 제가 개방의 일을 책임져야 할 이유는 어디에도 없다고 생각합니다만?"

황칠개가 감정이 격해진 자신의 실태를 깨달은 듯 무안해진 표정이 되었다.

하지만 그가 대동한 개방의 법개들, 삼안수 마원과 철괴장 목정심의 반응은 조금 달랐다.

두 사람 다 대번에 험악해진 표정을 지어서 설무백의 반박을 마뜩찮게 생각하고 있음을 드러냈는데, 특히 목정심은 사나운 어조로 나서서 황칠개의 말을 가로채기까지 했다.

"아니오, 있소! 귀하의 증언은 우리 개방의 대사에 막대한 영향을 끼칠 것이니, 귀하는 마땅히 자신이 뱉은 말에 책임을 져야 하오!"

설무백은 과연 그럴 법하다는 듯 고개를 끄덕이며 목정심을 일별했다. 그리고 가볍게 웃는 낯으로 황칠개를 향해 말했다.

"저 사람의 말을 듣고 보니, 과연 그렇기도 하네요. 그럼 이

천외천의
주인

렇게 하죠. 방금 전 제가 한 말은 전부 다 취소합니다. 그러니 저와의 대화는 없던 것으로 하고 이만 돌아가 주시면 고맙겠습니다. 애써 먼 길 오셨는데, 도움이 되지 못해서 미안합니다."

말은 부드러웠으나, 엄연히 단호한 축객령이었다.

괜한 말로 이와 같은 사태를 부른 목정심이 크게 당황하고 이내 그 당황을 분노로 바꾸어서 설무백을 질타했다.

"아니, 이게 무슨 망발······!"

파면개가 다급히 목정심의 소매를 당겼으나, 이미 말은 뱉어진 상황이었다.

설무백을 잘 아는 아니, 설무백만이 아니라 풍잔의 저력을 잘 아는 파면개가 서둘러 사과했다.

"이, 이해해 주시오, 대당가! 이들이 아직 대당가를 잘 몰라서······!"

설무백은 짧게 한숨을 내쉬었다.

"모르면 알게 해서 데려오는 게 예의 아니오?"

"아, 그게 시간이 촉박해서 그만······!"

"아니, 지금 대체 무슨 소리를 하는 것이오?"

목정심이 쩔쩔매는 파면개를 밀치고 나서면서 벌컥 화를 냈다.

파면개가 그런 목정심의 소매를 더욱 강하게 당기며 귀엣말로 싸늘하게 속삭였다.

"닥치고 가만히 못 있겠나? 내가 그리 정중하게 해 준 충고는 그저 어디 개풀 뜯어먹는 소리로 들었다 이건가?"

설무백은 실소했다.

제아무리 낮은 속삭임일지언정 극도로 강화된 그의 청력을 벗어날 수는 없었다.

이제 보니 파면개가 알려 주지 않은 것이 아니라, 알려 주었는데도 목정심이 무시해 버린 것이었다.

그리고 지금도 무시하고 있었다.

파면개의 사나운 질타에도 불구하고 목정심은 콧방귀를 뀌며 사나운 눈초리로 설무백을 노려보았다.

공야무륵이 더는 참지 못하겠다는 듯 앞으로 나섰다.

"죽일까요?"

설무백은 대답 대신 파면개를 바라보았다.

파면개가 놀람과 당황의 빛에 젖은 눈을 크게 떴다.

그는 어떻게든 사태를 무마하고 싶은 듯 연신 목정심의 소매를 당기고 눈치를 주며 설무백을 향해 공수했다.

그는 설무백이 상대가 누구라도 얼마든지 죽이라는 명령을 내릴 수 있는 독심을 가졌으며, 공야무륵 또한 설무백의 명령이라면 상대가 누구라도 가차 없이 살수를 펼칠 사람이고, 또 그럴 수 있는 능력을 가진 고수임을 익히 잘 알고 있는 것이다.

"실수요, 대당가! 이렇게 사과할 테니, 너그럽게 이해해 주시오, 대당가!"

파면개는 사과하며 이제는 목정심의 소매가 아닌 손맥을 잡아채서 힘주어 당기고 있었다.

목정심이 전혀 사과하려는 태도가 아니자 완력이라도 써서 억지로라도 사과시키려는 모습이었다.

하지만 목정심은 거듭되는 파면개의 재촉을 무시한 것처럼 그와 같은 완력 또한 외면했다.

목정심은 보란 듯이 자신의 손목을 잡은 파면개의 손을 강하게 뿌리치며 싸늘하게 설무백을 노려보았다.

어디 한번 해 볼 테면 해 보라는 눈빛인데, 곧바로 뱉어진 냉소는 더욱 도발적이었다.

"실수는 개뿔! 실수는 내가 아니라 당신이 하고 있지 않나! 일개 방파의 수뇌인 점을 감안해서 오냐오냐 좋게 대우를 해 주었더니, 건방지고 겁이 없어도 유분수지, 감히 대개방의 방주님 앞에서 그따위 말버릇이 어디 가당키나 하단 말인가!"

파면개가 새파랗게 질린 표정으로 새삼 다급히 목정심의 소매를 당겼다.

목정심이 설무백을 쏘아보는 채로 새삼 보란 듯이 그런 파면개의 손을 거칠게 뿌리쳤다.

설무백은 그런 그들의 모습을 보면서 내심 고개를 갸웃했다.

개방의 법개가 제아무리 방규를 지키는 수호신과 같은 존재인지라 수결이 높은 장로와도 서로 지위의 고하를 논하기 어려운 사이라는 것은 익히 잘 알고 있었다.

하지만 아무리 그래도 그렇지 이렇게까지 독불장군처럼 구는 것은 참으로 납득하기 어려웠다.

이건 아무리 봐도 통일개방의 내부에 아직도 여전히 남개방과 북개방으로 갈라져서 팽팽하게 대립하는 알력이 존재한다고밖에 볼 수 없었다.

'권력은 자기 핏줄에게도 넘겨주기 싫은 것이 인지상정이라더니만……!'

설무백은 실로 마음에 들지 않았다.

홍염개의 죽음이 외부의 적의, 바로 마교의 술수에 의한 것이 아니라 어쩌면 개방의 내부에 일어나는 알력에 의한 것일 수도 있다는 생각이 들어서 더욱 그랬다.

게다가 목정심의 태도도 괘씸하지만, 그보다 더 괘씸한 것은 황칠개의 태도였다.

황칠개는 지금 강 건너 불구경하듯 묵묵히 그들의 실랑이를 관망하고만 있었다.

아무리 봐도 공야무륵이 목정심을 죽일 수 있고 없고를 떠나서 설무백이 설마 개방의 방주인 자신의 면전에서 개방의 법개인 목정심을 죽이라는 명령을 내릴 수 있을까 의심하는 눈치, 아니, 그럴 수 없다고 판단하는 모양이었다.

'앞으로의 행보를 위해서라도 일벌백계(一罰百戒)가 불가피하겠네.'

설무백이 내심 마음을 정한 그때, 파면개가 그의 마음을 읽은 것처럼 자못 준엄하게 소리쳤다.

"방주!"

황칠개가 그제야 허허 웃으며 툴툴거렸다.

"사람 참, 조급하기는. 제대로 구경도 못하게 만드네, 그래."

그러고 나서 웃는 낯으로 설무백을 바라보았다.

무언가 중재의 말을 꺼내려는 모습인데, 설무백은 기다려 주지 않았다.

"죽여!"

공야무륵이 일말의 망설임도 없이 달려들어서 어느새 수중에 들려 있던 도끼로 목정심의 목을 쳤다.

목정심으로서는 뻔히 눈으로 보면서도 피할 수 없는 손 속이었다.

칵—!

섬뜩한 소음과 함께 장내의 시간이 멈추었다.

장내의 모두가 한순간 얼음처럼 그대로 굳어 버려서 그렇게 느껴졌다.

몸에서 떨어진 목정심의 머리가 바닥에 떨어져서 데굴데굴 구르다가 벽에 기대서 멈추고, 잘려진 목에서 뒤늦게 뿜어 나온 핏물과 진한 피비린내만이 여전히 시간이 흐르고 있음을 드러내고 있었다.

아니, 시간이 흐르고 있다는 것을 알려 주는 것이 하나 더 있었다. 바로 설무백의 움직임이었다.

설무백은 조용히 목정심의 죽음을 확인하고 이내 황칠개에게 시선을 주며 말했다.

"이렇게 될 것 같으니까 조급하게 굴었던 거죠. 막 장로는 방주님과 달리 저를 잘 알거든요."

황칠개가 경련이 일어나는 눈가로 설무백을 바라보았다.

"대체 이게 무슨 짓이지?"

설무백은 대답에 앞서 한손을 슬쩍 옆으로 뻗어서 파면개의 곁에 서 있는 삼안수 마원을 가리키며 경고했다.

"그러지 마. 그거 뽑으면 당신도 죽어."

마원이 움찔하며 허리의 타구봉을 잡고 있던 손을 놓았다.

목정심의 죽음에 너무 놀란 나머지 넋이 나가 있던 그는 뒤늦게 현실을 인지하며 본능적으로 타구봉을 잡았던 것이다.

그러나 설무백의 경고는 기실 그가 아니라 다른 사람에게 들으라고 하는 소리였다.

다시 말해서 그가 타구봉을 뽑지만 않으면 절대 죽이지 말라는 일종의 명령이었다.

마원의 뒤에는 어느새 흑영과 백영이 나타나 있었다.

마원은 타구봉을 놓으며 절로 한 발짝 물러나다가 그들의 존재를 발견하고 소스라치게 놀랐다.

"음!"

황칠개가 묵직한 침음을 흘렸다.

그도 마원만큼이나 뒤늦게 흑영과 백영의 존재를 인지했던 것이다.

설무백은 하마터면 나자빠질 뻔한 마원을 보고 냉소를 날린 흑영과 백영이 다시금 암중으로 사라지는 것까지 확인하고 특유의 미온한 미소를 지으며 황칠개의 질문에 대답했다.

"어디서 누구에게 무슨 얘기를 들었는지는 모르겠지만, 저 그렇게 호락호락한 놈 아닙니다. 그러니 괜히 더 머무르다가 더 큰 실수하지 말고 이만 돌아가십시오. 아까 말했듯 오늘 일은 저 역시 없던 것으로 할 테니까."

황칠개는 더 이상 묻지도, 따지지도 않고 조용히 목정심의 주검을 수습해서 돌아갔다.

잠시, 아주 지극히 일순간 어떻게 해야 할지 모르겠다는 듯 엉킨 실타래처럼 복잡해진 감정의 눈빛을 드러내긴 했으나, 끝내 입을 열지는 않고 떠나갔다.

설무백은 그제야 처음으로 화산파의 무허에게 시선을 주며 말을 건넸다.

"아까 참견하지 않은 건 아주 잘한 일이야."

무허가 자연스러운 그의 하대를 별반 대수롭지 않게 받아들이는 듯 무심한 평정을 유지하며 어깨를 으쓱했다.

"그야 이젠 나도 누구 덕분에 그쪽, 대당가의 성격을 조금 아니까요."

"검매?"

"사저와 친하긴 하지만, 그 얘기를 해 준 건 검노야시오."

"그런가?"

설무백은 어깨를 으쓱하고는 조금 전 무허가 몇 번이나 나서려다가 포기하던 모습을 상기하며 피식 웃는 낯으로 말문을 돌렸다.

"아까 보니 매우 즐거워 보이던데, 무슨 얘기를 나누고 있었던 거지?"

무허가 따라하듯 어깨를 으쓱였다.

"그저 의례적인 인사와 안부를 물었을 뿐, 별 내용은 없었소. 강호 무림의 대선배인데 인상을 쓰며 대화를 나눌 수는 없지 않겠소. 어쨌거나 어제 보고 오늘도 보니 조금 친숙해지기는 했고 말이오. 근데, 지금 이거 취조요?"

설무백은 부정하지 않았다.

"어느 정도는 그렇다고 볼 수 있지."

무허가 안색이 변해서 물었다.

"빈도가 별일 없이 풍잔을 떠나지 않았기 때문이오?"

"아니."

설무백은 고개를 저으며 잘라 말했다.

"그 이전에 별일 없이 풍잔을 찾아왔으니까. 정도의 기둥이요, 명문 정파의 구심점이라는 구대 문파 중에서도 검도 명가인 화산파의 총망 받는 제자가 검도 수업의 중핵인 강호행의 첫 번째 행선지를 중원의 변방에 속하는 난주의 일개 흑도를 선택했다는 건 아무리 생각해도 너무 우습잖아."

무허가 사뭇 정색하며 대꾸했다.

"그건 대당가가 오히려 몰라서 하는 말이오. 풍잔은 작금의 강호 무림에서 아는 사람은 다 아는 절대 강자요."

설무백은 귀찮다는 듯이 손을 내저었다.

"그런 시답지 않은 소리는 그만둬. 그런 식으로 자꾸 말을 돌리면 정작 하고 싶은 말을 못하게 되니까."

그는 대수롭지 않게 재우쳐 물었다.

"그동안은 기회가 없었을 테지. 기회를 줄 테니까 어서 말해 봐. 뭐야? 대체 무슨 일로 풍잔을 찾아온 거야?"

무허가 사뭇 심각해진 표정으로 제갈명과 공야무륵을 포함한 설무백의 주변을 둘러보며 말했다.

"대당가와 독대하고 싶소."

설무백은 단호하게 거절했다.

"싫어. 난 그럴 생각 없어. 나를 믿고 무언가를 말하려고 하는 거라면 마땅히 내 주변 사람들도 믿는 게 도리야. 그게 싫다면 그냥 돌아가."

무허가 조금 위축된 기색으로 깊은 고민에 빠졌다가 이내 작심한 표정으로 설무백을 바라보며 입을 열었다.

"다름이 아니라 대당가에게 한 가지 부탁을 하기 위해서요."

"부탁?"

설무백은 잘라 물었다.

"어떤 부탁?"

무허가 힘겨운 기색으로 대답했다.

"누굴 좀 조사해 주었으면 하오."

"누굴?"

"본파의 장문인이오."

"응?"

설무백은 예기치 않은 못한 대답에 절로 두 눈이 커졌다.

화산파의 제자가 찾아와서 화산파의 장문인에 대해서 조사해 달라니 참으로 어처구니가 없었다.

그는 마음을 다잡고 물었다.

"어떤 사연인지는 모르겠지만, 화산파에는 상대가 설령 장문인이라고 해도 능히 조사할 수 있는 감찰 기관이 있지 않나?"

"물론 있소. 서쪽의 소화산(小華山)에 자리한 사자암(獅子岩)의 선인(仙人)들은 전통적으로 경우에 따라서 화산파의 규율에 억매이지 않고 장문인을 포함한 화산파의 모든 제자들을 감찰할 수 있소. 하지만 그들이 나서면 장문인이 알게 되오. 그걸 바라지 않기에 대당가에게 청하는 거요."

설무백은 이해할 수 없었다.

"감찰을 하는데 공개적으로 대놓고 하는 경우만 허락한다는 건가?"

"그게 아니라……."

무허가 고개를 저으며 설명했다.

"화산파에는 사자암과 유사한 조직이 하나 더 있고, 그들은 오직 매화검령(梅花劍令) 아래 움직이는데, 사자암이 나서면 자연히 그들이 알게 되기 때문이오.”

매화검령은 화산파의 장문영부이다.

즉, 무허의 말은 화산파에는 철저히 장문인의 명령에만 복종하는 조직이 있고, 그들은 화산파를 감찰할 수 있는 조직인 사자암의 움직임을 충분히 간파할 수 있는 능력을 가지고 있다는 뜻이었다.

‘역시 화산파도 그림자무사들을 키우고 있었군.’

무당파에서 사사무가 몸담고 있던 밀궁처럼 화산파도 대외적으로 명분과 무관하게 잡다한 지저분한 일을 전문적으로 처리하는 자들을 비밀리에 키우고 있었던 것이다.

“그래도 한 가지 의문이 더 남는군. 화산파에는 장로원의 대장로이신 경빈진인께서 계시질 않나. 바로 귀하의 사부 말이야. 그분이시라면 이런 일에도 충분히 너그러운 융통성을 가지고 나설 수 있으실 텐데, 왜 군이 외부인을 끌어들이려고 하는거지?”

무허의 표정이 참담하게 일그러졌다.

그리고 거기에는 그만한 이유가 있었다.

“대당가에게 빈도를 보낸 것이 바로 그분이시오.”

설무백은 뇌리를 스치는 것이 있었다.

“하면……?”

불길한 예감은 항상 들어맞는다는 식으로 이내 나온 무허의 대답은 그의 예상과 일치했다.

"사부님께선 보름 전 무기한의 폐관 수련에 드셨소. 아마도 그대로 선유(仙遊)로 가실 거요."

도가에서는 생(生)과 사(死)는 차별이 없으므로 슬퍼할 필요가 없다고 한다.

불가에서 생사여일(生死如一), 바로 생과 사는 하나라는 의미로 삶과 죽음은 윤회의 과정일 뿐이라 생사(生死)에 대한 차별에 반대한다면, 도가에서는 삶과 죽음이 마치 사계절의 변화와 같으므로 생사를 기(氣)의 자연스러운 순환으로 보고, 생은 기가 모이는 것이며 사는 기가 흩어지는 것으로 보기에 생과 사를 차별하지 않기 때문이다.

도가에서 삶을 좋아함은 미혹이고, 죽음을 싫어함은 타향에 안주하며 고향에 돌아가기 싫어하는 것과 같다는 말을 하는 이유가 바로 거기에 있는 것이다.

즉, 지금 무허가 폐관 수련이니, 선유니 하는 것은 다시 말해서 경빈진인이 죽었다는, 혹은 죽어 가고 있다는 뜻인 것이다.

'참 어렵게도 말한다.'

설무백은 내심 고소를 금치 못했다.

그는 경빈진인의 죽음에 대한 무게로 인해 차마 내색은 못하고 속으로 투덜거리다가 이내 마음을 다잡으며 물었다.

"장문인의 어떤 것이 그리도 의심스러운 거지?"

무허가 새삼 곤혹스러운 표정을 지으며 대답했다.

"미안하지만 빈도는 모르오. 그에 대해서 아는 바가 전무하오. 빈도는 그저 사부님의 말씀을 따르고 있을 뿐이오. 다만 사부님께서 전해 주시기를 이전에 피습 사건이 있던 날 이후부터 장문인의 기도에 무당의 그것과 다른 기세가 느껴진다고 하셨소."

모든 것이 경빈진인의 생각이고, 뜻이라는 소리였다.

설무백은 어이없는 마음으로 무허를 바라보았다.

무슨 이런 막연하고 한심한 사람이 다 있나 싶었다.

하지만 이내 그는 생각을 고쳐먹었다.

사부의 한마디에 아무런 의심도 없이 무작정 나설 수 있는 이 고지식함이 바로 장차 그를 화산제일검의 자리에 올려놓는 기반일 터였다.

그는 차분히 마음을 가다듬으며 물었다.

"지금 귀하의 편에 서 있는 사람은 몇이나 되지?"

무허가 계면쩍은 표정으로 대답했다.

"편이라고 할 것까지는 없고, 지금으로서는 적엽 사형만이 모든 사실을 알고 있소. 이번에 빈도가 강호행에 나설 수 있었던 것도 적엽 사형의 도움이 컸소."

설무백은 가만히 고개를 끄덕였다.

사실 따지고 보면 아직 편을 나눌 정도의 상황이 아니긴 했다.

다른 누구도 아닌 경빈진인의 말이니 신빈성이 있긴 해도, 아직 화산파의 장문인 정인진인의 실태가 어떤지는 그 누구도 모르는 것이다.

'그러니 무턱대고 나설 수도 없는 일이고……!'

설무백은 잠시 생각을 정리하고 나서 어딘지 모르게 미심쩍은 표정으로 바라보고 있는 무허의 시선을 마주하고는 픽 웃으며 물었다.

"나를 얼마나 믿고 있나?"

무허가 불퉁스러운 기색을 감추지 않으며 대답했다.

"얼마나고 자시고 처음 사부님의 말씀을 듣고 여기 풍잔에 올 때까지도 빈도는 당신을 전혀 믿지 않았소. 사부님께서 일개 흑도의 수괴를 왜 그리 신임하는지 알다가도 모르겠다고 투덜거렸소. 다만 지금은 반반이오. 사문지현 사매나 검노야께서 귀하를 대하는 태도를 보고 그나마 바뀐 거요."

설무백은 가볍게 웃는 낯으로 말을 받았다.

"앞으로도 이렇게만 해. 생각하는 그대로 솔직하게."

솔직함이 마음에 든다는 소리였으나, 무허는 이게 선의인지 악의인지 선뜻 종잡을 수 없는지 오만상을 찡그렸다.

설무백은 그에 아랑곳하지 않고 재우쳐 말했다.

"무림맹으로 돌아가면 남궁유화를 찾아가 봐. 내가 보냈다고 하면 그녀가 알아서 자리를 마련해 줄 테니까 우선 그녀를 돕고 있어. 화산파의 문제는 내가 어떻게든 한번 자세히 알아볼 테니까."

"……자리를 마련해 준다고요? 대체 무슨 자리를……?"

"가 보면 알아."

설무백은 대수롭지 않게 말을 자르며 도무지 모르겠다는 듯 어리둥절해서 앉아 있는 무허를 남겨 둔 채 객청을 벗어났다.

제갈명이 재빨리 그의 곁으로 붙으며 걱정했다.

"믿을 만한 사람입니까?"

"누구? 저 친구?"

"예."

"믿어도 돼."

"어째서요? 누구는 화산파의 장문인도 의심하는 판인데, 고작 매화검수(梅花劍手)를 어찌 그리 믿으신다는 거죠?"

설무백은 슬쩍 제갈명을 쳐다보며 웃었다.

"화산칠검의 하나를 두고 매화검수 운운하다니, 너 정말 많이 컸다?"

제갈명이 대수롭지 않게 대꾸했다.

"제가 많이 크긴 했죠. 하지만 이건 그저 사실에 입각해서 말씀드리는 겁니다. 화산칠검도 기본적으로 매화검수 아닙니까."

"그런가?"

"그래요. 그러니까 어서 말씀해 보세요. 제 눈에는 아무리 봐도 수상쩍은 저치를 왜 그리 믿으시는 거예요?"

"그야 믿을 만하니까 믿는 거지. 그러니까 너도 믿어."

"아, 글쎄, 그러니까 왜 믿을 수 있는 거냐고요?"

"내가 믿으니까."

"그, 뭐냐, 예지력요?"

"아니, 힘."

설무백은 손을 내밀어서 제갈명의 뒷덜미를 잡고 힘을 주었다.

제갈명으로서는 죽었다 깨나도 막을 수 없는 손 속이었다.

"내가 너보다 힘이 세잖아. 그러니까 믿으라고, 다치기 싫으면. 알았지?"

"윽!"

제갈명이 신음을 흘리며 죽는 시늉을 했다.

"알았습니다! 믿죠! 아니, 믿습니다! 그러니까, 어서 그거 좀 놔주세요! 그러다 정말 저 목뼈 부러져요! 에구구……!"

설무백은 픽 웃으며 제갈명의 뒷목을 놓아주고 발길을 서두르며 말했다.

"위보와 위명이 좀 내 거처로 불러와."

연공실에서 예정에도 없이 오랜 시간을 보내는 바람에 본의 아니게 그들, 양 씨 형제를 기피한 꼴이 되었다.

한시라도 빨리 불러서 십자경혼창의 최후절초를 전해 주고 싶었다.

그때 제갈명이 딴지를 걸었다.

"그보다 백마사 애들 처리가 먼저입니다. 벌써 몇 날 며칠을 객도 아니고 친구도 아닌 상태로 처박아 두었잖습니까. 그 아이들은 불러올 테니, 우선 백마사 애들부터 처리하시죠?"

"그럴까 그럼?"

설무백은 이제야 그들을 기억해 내고는 물었다.

"걔들 지금 어디에 머물고 있지?"

제갈명이 발길을 틀며 말했다.

"이쪽입니다. 백호각(白虎閣)요."

파란무림 波瀾武林 (2)

"혹시나 하고 노파심에 말씀드리는 건데, 따져 보면 상황만 조금 비틀렸을 뿐, 무허가 가져온 화산파의 문제나 홍염개의 죽음으로 일어난 개방의 문제나 둘 다 같은 사태인 것 아시죠?"

백호각으로 가는 길에서 제갈명이 불쑥 건넨 말이었다.

당연하게도 설무백은 이미 알고 있었으나, 다른 상념에 빠져서 건성으로 듣고 있다가 뒤늦게 대꾸했다.

"알아."

"사실이 그렇다면 구파일방의 다른 곳도 그럴 가능성이 농후하다는 거 알고 계시죠?"

"응, 알고 있어."

제갈명이 마치 습관적으로 대답하는 설무백을 미심쩍은 눈
초리로 바라보았다.

　"정말 다 아시는 거 맞는 거죠?"

　설무백은 그제야 상념의 늪에서 완전히 발을 빼며 짐짓 사
나운 눈초리로 제갈명의 시선을 마주했다.

　"까불래?"

　"하하, 그럴 리가요. 아시면 됐습니다."

　제갈명이 어색한 웃음을 흘리며 무조건 항복이라는 듯 두
손을 들었다.

　설무백은 그와 상관없이 새삼 깊은 상념에 잠겼다가 이내
발걸음을 늦추며 한숨을 내쉬었다.

　"아무래도 그냥 넘어가는 것은 도리가 아니겠지?"

　제갈명이 밑도 끝도 없는 말을 듣고도 예리하게 설무백의 속
내를 읽으며 대답했다.

　"개방 얘기죠, 지금?"

　설무백은 쓰게 입맛을 다시며 혼잣말로 중얼거렸다.

　"그냥 내버려 둬도 알아서 해결할 것 같기는 한데……."

　제갈명이 이번에도 제대로 알아듣고 끼어들었다.

　"취죽개하고 천이탁이요?"

　설무백은 거듭 한숨을 내쉬며 인상을 찌푸렸다.

　"혹시나 그게 아니면 어쩐다?"

　제갈명이 확 짜증을 부렸다.

천외천의
주인

"아 씨, 정말! 지금 저보고 대답을 하라는 겁니까, 말라는 겁니까?"

설무백은 삐딱하게 제갈명을 보았다.

"아 씨……?"

제갈명이 재빨리 딴청을 부리며 길을 안내했다.

"이쪽입니다!"

"내가 영내의 길을 몰라서?"

설무백의 눈총에 제갈명이 울상을 지었다.

"왜 이러세요? 왜 이렇게 저를 괴롭히세요? 예?"

"엄살은……!"

설무백은 짐짓 한 번 더 눈총을 주고는 나직한 어조로 말문을 돌렸다.

"지금 개방의 후개가 누구지?"

제갈명이 잽싸게 대답했다.

"아직 정해지지 않은 것으로 압니다."

"후보자는?"

"후보자는 정해졌습니다. 아무래도 기존의 남개방과 북개방의 방도들을 생각해서인지 무진개 천이탁과 소선풍 소붕, 그리고 무심조(舞心爪) 이충(李沖), 그렇게 세 명입니다."

"낯선 이름이 있네?"

"규화조 조춘이요?"

"누구야?"

"저도 낯선 인물이라 따로 조사를 좀 해 봤더니, 정의문계(淨衣門契)의 거목인 개선(丐仙) 정도문(丁到雯)이 천거한 인물이더군요. 복건분타(福建分舵)의 분타주 출신인데, 무려 총타의 당주급인 오결(五結)의 제자입니다. 한마디로 숨죽이고 살던 잠룡(潛龍)이었다는 얘기죠."

설무백은 살짝 미간을 찌푸렸다.

구대문파를 논할 때 항상 일방(一幇)으로 포함되는 천하대방 개방은 기실 내부적으로는 오의문(汚衣門)과 정의문(淨衣門)으로 나뉜다.

개방이라는 이름 아래 공존하긴 하지만, 오의문도는 더러운 옷을 입고 주로 구걸로써 생계를 유지하는 데 반해, 정의문도는 깨끗한 옷을 입고 다니며 주로 꽃이나 노래, 춤 등, 각종 기예(技藝)를 팔아 생계를 유지하는 것이 달랐다.

따라서 개방은 남과 북의 대립 이전에 전통적으로 오의문과 정의문의 알력으로 몸살을 앓는 경우가 허다했는데, 통일개방이 되자마자 그와 같은 고질적인 병폐가 다시금 고개를 쳐든 모양이었다.

"그쪽은 중도를 지킨다고 하지 않았나?"

"그랬죠. 하지만 그것과 이건 별개잖습니까. 중도노선을 걷는 것과 후개 후보자를 내는 것이 무슨 상관이겠어요."

"하긴, 그러네. 그럼 오의문이 따로 후부를 내세우지 않은 것은 천이탁 때문이겠군그래."

"천이탁만이 아니라 소붕도 오의문 출신입니다."

"그래? 뭐야 그럼? 결국 황칠개가 같은 밥그릇을 들고 먹던 동료를 의심한다는 거잖아?"

"적이야 늘 가까운 곳에 있다는 얘기가 있잖습니까. 제아무리 남의 밥그릇이 커 보인다지만, 내 밥그릇에 들어오는 숟가락보다는 작게 보이는 법이거든요."

설무백은 무심결에 그럴 듯하다는 생각으로 고개를 끄덕이다가 이내 제갈명의 심중을 읽고는 물었다.

"결국 너는 황칠개가 홍염개의 죽음을 두고 취죽개를 의심하는 것이 밥그릇 싸움으로 보인다, 이거냐?"

제갈명은 대수롭지 않게 인정했다.

"처음에는 마교가 배후에 있지 않나 하는 의심도 해 봤습니다만, 아무리 봐도 취죽개에게 그럴 이유가 없더라고요. 그러고 보니 남는 건 밥그릇 싸움밖에 없더라고요."

"취죽개에게 왜 그럴 이유가 없다는 건데?"

"개방의 전설이라는 개왕의 유전을 얻은 사람이 마교의 하수인으로 전락한다는 그림은 어째 어울리지 않아서요. 그렇다고 마교를 울꺽 삼키려는 것으로 의심하기에는 천성이 악하다 선하다를 따지기 앞서 그리 통이 커 보이지도 않고 말이죠."

설무백은 한 방 맞은 표정으로 지었다.

"하, 뭐야? 너도 취죽개가 개왕의 유전을 얻은 걸 알고 있었어?"

제갈명이 자못 음충맞은 기소를 흘렸다.

"흐흐, 제가 또 사람 하나는 기막히게 잘 구워삶죠. 천이탁 그놈의 입이 아주 싸기도 하고요. 전에 자리했을 때 똥구멍 몇 번 긁어 주었더니, 바로 털어놓더라고요. 사부인 취죽개가 개왕의 유전을 얻었고, 자기도 곧 전수받을 거라고 자랑이 이만저만 아니던걸요. 흐흐……!"

설무백은 새삼 쓰게 입맛을 다셨다.

원래 그리 단순한 문제가 아닐 것이라고 생각하고 있었다.

그런데 제갈명의 말을 듣고 보니 어쩌면 정말로 그처럼 단순한 문제일 수도 있겠다는 생각이 들었다.

"천이탁하고 연락 닿지?"

"하오문을 통하면 닿죠."

"불러. 지금 당장!"

"천이탁만요?"

"그래, 그 녀석만."

"알겠습니다. 하지만 아무리 하오문의 연락망을 동원한다 해도 대엿새는 걸릴 겁니다. 그것도 무림맹에 있다는 가정 아래서요. 개방 총타에 있다면 족히 열흘 이상은 잡아야 하고요."

"아니, 오늘내일 중으로 올 거야. 취죽개나 그 녀석이라면 황칠개의 행보를 파악하고 있을 테니까."

"아……!"

제갈명이 과연 그렇겠다는 표정으로 감탄하며 서둘러 돌아섰다.

"저기 저 전각만 돌아가면 바로 백호각인 거 아시죠? 저는 가서 바로 연락하고 돌아오겠습니다."

설무백은 발걸음을 재촉하는 제갈명의 등에다가 대고 말했다.

"오는 길에 사사무 좀 데려와."

제갈명이 멈춰 서서 돌아보았다.

"왜요?"

"씨……!"

"알겠습니다! 까라면 무조건 까야죠!"

설무백의 헛소리에 놀란 제갈명이 재빨리 대답하며 후다닥 달려갔다.

설무백은 픽, 웃으며 돌아서서 발길을 재촉했다.

제갈명과 이런저런 대화를 나누면서도 발걸음을 멈추지 않은 까닭에 그는 벌써 백호각의 초입에 도착해 있었다.

제갈명의 말마따나 전방의 전각 하나를 돌아가자 바로 백호각의 정원이 눈앞에 펼쳐졌다.

백호각은 각기 사방신(四方神)의 이름을 붙인 풍잔의 별채 중 하나로, 동편과 서편 사이에 자리 잡은 전각이었다.

다만 보통의 별채와 달리 애초에 향후 합류할 인원을 대비해서 건축한 까닭에 풍잔의 여타 전각에 비해 상대적으로 낮은 이 층에 불과하나, 보통의 전각보다 배는 더 드넓은 장방형의 구조였고, 내부에는 거의 완벽한 생활공간이 꾸며져 있으며, 주변을 아우르는 정원에는 별도의 연무장마저 있어서 그야말로 일개 단체의 독립적인 생활이 가능한 곳이었다.

설무백이 거기 백호각의 앞마당인 정원으로 들어섰을 때, 백마사의 주지인 금안혈승은 정원의 한쪽인 연못 위를 가로지른 다리난간에 기대서 비단잉어들이 노니는 연못을 내려다보고 있었다.

"저기, 주지……!"

호위처럼 곁을 맴돌고 있던 세 사람 중 장대한 체구의 사내 하나가, 바로 오대 살승의 하나인 혈금강이 먼저 설무백을 발견하고 슬쩍 금안혈승을 일깨웠다.

금안혈승이 고개를 돌려서 설무백을 바라보았다.

설무백은 내심 고소를 금치 못했다.

새로운 것이 없을 리가 없는데도 굳이 기존에 사용하던 지저분한 천으로 다시금 두 눈을 제외한 얼굴 전체를 목내이처럼 돌돌 감고 있는 금안혈승의 눈빛에서 깊은 감정의 골이 느껴져서 그랬다.

그는 짐짓 눈살을 찌푸리며 말했다.

"아직도 마음을 정하지 못한 건가?"

금안혈승이 자못 퉁명스럽게 대꾸했다.

"내게 무언가를 결정하라는 소리는 없었소. 어떤 대우를 받고 싶으냐고 물어서 손님이라고 했고, 그렇게 하라고 해서 지

천외천의
주인

금 그렇게 손님으로 지내고 있을 뿐이오."

설무백은 대놓고 정말 한심하고 못마땅하다는 눈빛으로 쳐다보며 말했다.

"머리가 없는 거야, 자존심을 세우고 싶은 거야? 본의 아니게 늘어진 시간을 포함하면 정말이지 생각할 시간이 차고 넘쳤을 텐데, 아직도 그게 내가 기회를 준 거라는 생각을 하지 못했다는 거야 지금?"

"큼."

금안혈승이 헛기침을 하며 억지로 표정을 가다듬었다.

그리고 무언가 켕기는 사람처럼 그의 시선을 피하며 대답했다.

"딸린 식구들이 있소."

"딸린 식구들?"

"우리가 왜 청부 살인까지 하며 돈을 번다고 생각하오?"

설무백은 발끈하는 것 같은 금안혈승의 반문을 듣고 나서야 내막을 짐작하며 헛웃음을 흘렸다.

"사람 죽여서 딸린 식구 먹여 살리는 게 자랑이야?"

"아, 아니, 그게 아니라……!"

"됐고! 아니, 그럼 고작 그것 때문에 여태 망설이고 있었다는 거야?"

금안혈승이 얼굴을 붉혔다.

설무백은 그 모습을 보다 고개를 저으며 자신의 말을 바꾸었다.

"아니지. 가족의 문제인데 고작이라는 건 말이 안 되지. 미안, 실수."

그는 재우쳐 물었다.

"어디에 있고, 몇이나 되는데?"

금안혈승이 잠시 어색해진 표정으로 뜸을 들이다가 마지못한 것처럼 입을 열어서 대답했다.

"강서성의 포양호(鄱陽湖)와 연결된 북부의 지류 중 하나인 구강(九江)의 상류에 백가점(白街店)이라고 불리는 작은 산골 마을이 있소. 거기가 우리 식구들이 모여 사는 마을이오."

설무백은 가만히 고개를 끄덕이며 물었다.

"아무래도 직접 가서 데려와야겠지?"

"그, 그거야 그런데……?"

금안혈승이 적잖게 놀란 기색으로 두 눈을 크게 뜨며 재우쳐 말을 더듬었다.

"여, 여기로 말이오?"

"그럼 어디로? 설마 풍잔의 식구가 되겠다고 해 놓고, 두 집 살림을 계획하고 있었던 거야?"

"아, 아니 그게 아니라……!"

설무백은 어쩔 줄 몰라 하는 금안혈승을 애써 외면했다.

그가 어찌 모를 것인가.

지금 금안혈승은 미처 예상하지 못한 그의 배려에 당황했을 뿌이고, 그는 그것을 굳이 알은척하기 싫었다.

이건 배려가 아니라 그저 당연한 일이라고 생각했기 때문이다.

그때, 그들이 있는 백호각의 앞마당으로 두 사람이 들어섰다.

제갈명과 사사무였다.

"부르셨습니까, 주군?"

설무백은 사사무의 인사를 받기 무섭게 금안혈승 등을 가리키며 말했다.

"누군지 알지? 앞으로 사사무, 네가 거느려야 할 새로운 매자(魅子)들이다. 우선 딸린 식구들부터 풍잔으로 데려오기로 했으니까, 알아서 잘 도와주고, 그 일이 끝나는 대로 체계를 잡아보도록 해. 필요한 게 있으면 제갈명에게 얘기하고."

그는 그대로 자리를 떠나려다가 문득 돌아서서 가볍게 한마디 더했다.

"아, 이름도 지어야지. 귀매가 이끄는 매자들이니, 이매당(魑魅堂)이라고 해야 할까? 아니면 이매각(魑魅閣)? 아무튼, 그것도 한번 생각해 봐."

"저기, 죄송하지만, 백마사에서 저 친구의 장악력이 얼마나 되는지 알 수 있을까요?"

금안혈승 등 백마사의 살승들을 떠넘기고 돌아서려는 설무백의 말목을 잡는 사사무의 말이었다.

설무백은 다시 돌아서서 금안혈승에게 시선을 주었다.

사사무의 질문을 그대로 담은 눈빛이었다.

금안혈승이 실로 같잖은 질문이라 눈에 거슬린다는 태도로 사사무를 일별하며 대답했다.

"내 명령이라면 섶을 지고 불길로 들어가라고 해도 주저하지 않고 뛰어들 아이들이오. 미안하지만, 그런 의심은 정말 불쾌하오."

설무백은 대답 대신 사사무에게 시선을 돌렸다.

역시나 금안혈승의 대답을 그대로 전해 주는 눈빛이었다.

"그렇다네?"

사사무가 슬쩍 금안혈승을 일별하며 물었다.

"제가 좀 상대해도 되겠습니까?"

설무백은 말로는 미안하다고 하면서 전혀 미안한 모습이 아닌 금안혈승을 태도를 보고 이미 이대로 그냥 우야무야 넘어갈 수 있는 상황이 아니라는 것을 깨달았기 때문에 주저 없이 승낙했다.

"그러든지."

사사무가 묵묵히 고개를 숙이고 돌아서서 금안혈승을 마주하며 말했다.

"내 말이 불쾌하건 말건 그건 네 생각이고. 애들이 네 명령을 따라서 섶을 지고 불로 뛰어 들어갔는지, 꿀을 바르고 벌집을 뒤집어썼는지 나는 하나도 본 게 없잖아? 안 그래?"

금안혈승의 눈빛이 싸늘하게 변했다.

이건 사사무가 순전히 억지를 부리는 것이라고 생각하는 눈빛이었다.

곧바로 흘러나온 그의 싸늘한 질문이 그것을 대변했다.

"대체 넌 누구냐?"

풍잔에 날고 기는 고수가 많다는 사실은 금안혈승도 익히 잘 알고 있었다.

하지만 세월이라고 불러도 좋을 시간 동안 강호 무림의 칼 끝에서 뒹굴던 그도 사사무라는 이름이나, 귀매라는 별호를 단 한 번도 들어 본 적이 없었다.

금안혈승의 입장에서는 예사롭지 않은 기도를 따지기에 앞서 자신보다 한참 어려 보이는 애송이가 설무백이라는 배경만 믿고 까부는 꼴이 실로 눈에 거슬려서 불쾌하기 짝이 없는 것이다.

사사무는 그런 그의 태도가 안중에도 없다는 듯 자기 말만 했다.

"하물며 너는 태도부터가 글러먹었어. 이제 더 이상 손님이 아니라 풍잔의 식구가 됐다면 주군을 대하는 태도부터 바꾸었어야지. 아쉬우니 말만 풍잔의 식구가 되겠다는 거고, 본심은 그냥 위아래도 없어 멋대로 살겠다는 거냐?"

"……!"

금안혈승이 말문이 막힌 표정으로 침묵했다.

그도 머리가 둔하지 않아서 사사무의 말이 고깝게 들리긴 해도 틀린 말은 아니라는 생각이 드는 것이다.

사사무가 그의 태도와 무관하게 계속 말했다.

"우리 주군이 좀 그렇긴 해. 태도를 문제 삼는 경우는 있어도 말투를 문제 삼는 경우는 거의 없어. 말투 따위야 반말이든 존대든 편한 게 편한 거라고 대수롭지 않게 치부하시지."

잠시 말을 끊은 사사무는 싸늘하게 웃으며 덧붙였다.

"하지만 우리는 그 꼴 절대 못 봐! 제대로 처신해! 그리고 고맙게 생각해! 그나마 나라서 이렇게 얘기해 주는 거니까! 노야들 앞에서 그랬으면 넌 이미 죽었어!"

설무백은 불쑥 끼어들어서 사사무의 말에 동조했다.

"저 말은 맞아. 나도 깜빡 잊고 있었는데, 노야들 앞에서 그러면 좀 문제가 될 수 있어."

금안혈승이 복잡해진 눈빛으로 설무백을 바라보았다.

도대체 어떤 것이 진짜 설무백의 모습인지 도통 감을 잡을 수가 없어서 막막하다는 눈빛이었다.

지금 그의 눈에는 대놓고 군기를 잡는 것 같은 사사무보다도 수수방관하는 설무백의 태도가 더욱 신경 쓰였다.

사사무가 그런 그를 향해 가소롭다는 듯 끌끌 혀를 차며 다시 말했다.

"각설하고, 우선 애들부터 다 집합시켜 봐. 애들이 네 지시라면 정말 죽고 못 사는지부터 확인해 봐야겠으니까."

금안혈승이 대답 대신 설무백을 바라보았다.

설무백은 대수롭지 않게 웃는 낮으로 짧게 물었다.

"분명 네가 한 말인데, 자신 없어?"

금안혈승이 지그시 어금니를 깨물며 곁에서 붉으락푸르락 거리는 얼굴로 성질을 드러내고 있던 오대 살승의 세 사람, 흑시마궁과 혈금강, 백인수를 향해 명령했다.

"지금 당장 애들 다 집합시켜!"

흑시마궁과 혈금강, 백인수가 금안혈승의 목소리에 실린 기세에 눌린 표정으로 돌아서서 백호각의 주변과 내부를 돌며 악을 써서 이곳저곳에 흩어져 있던 백마사의 살승들을 끌어 모으기 시작했다.

설무백은 그런 주변이 모습을 한차례 훑어보고는 사사무를 향해 물었다.

"난 이제 그만 가도 되겠지?"

금안혈승이 어리둥절해하는 가운데, 사사무가 적잖게 놀라서 나서는 제갈명을 막아서며 공수했다.

"예, 다 처리하고 나서 보고하겠습니다."

설무백은 묵묵히 고개를 끄덕이는 것으로 수긍하며 발길을 돌렸다.

끝까지 초초한 기색으로 바라보는 제갈명처럼 불안하다거나 걱정되는 마음은 그에게 전혀 없었다.

풍잔의 식구가 되기로 작심하고 극비에 속하는 가족들의 행

방까지 노출한 금안혈승이 이제 와서 딴마음을 먹고 엉뚱한 짓을 벌이지는 않을 터였다.

무엇보다도 그는 사사무의 능력을 믿고 있었다.

타고난 습성일까?

아니, 어쩌면 후천적인 교육의 발로인지도 모른다.

사사무는 본능적으로 그곳이 어디든 또 상대가 누구든 사람들의 이목에 노출되는 것을 저어해서 무조건 자신의 실체를 감추는 경향이 강했고, 그로 인해 대부분의 사람들에게 평가절하되는 경우가 두드러졌다.

이번 풍잔의 서열 비무에서도 그랬다.

사사무는 모든 비무에서 전력을 다하지 않았다.

이기고 지는 것은 그에게 전혀 중요하지 않았기 때문이다.

일찍이 그림자 무사로 길러져서 평생 피 냄새를 맡으며 자라온 그에게 중요한 것은 생사지 승패가 아니었다.

만일 그가 이번에 벌어진 풍잔의 서열 비무에서 전력을 다했다면 실로 지금의 서열과는 큰 차이가 났을 터였다.

작금의 강호 무림에서 금안혈승과 같은 사대 살수의 하나지만 그와는 격이 다른 고수인 잔월의 서열이 십일 위인 데 반해, 잔월과 비교해도 별 차이가 없는 그가 고작 십구 위라는 것이 바로 그 방증이었다.

한마디로 말해서 금안혈승으로서는 오대 살승의 셋인 흑시마궁과 혈금강, 백인수의 도움을 받아도 사사무를 상대하기 어렵다는 것이 설무백의 냉정한 평가였다.

하물며 금안혈승을 포함한 백마사의 살승들은 정면 대결보다는 기습이나 암습을 노리는 데 최적화되어 있는 살수들인데, 하필이면 사사무는 그런 방면의 대가였다.

금안혈승이 사사무를 노란다면 그야말로 강물이 용왕묘(龍王墓)를 침범한 격이 되는 것이다.

제갈명이 그런 그의 마음을 아는지 모르는지 쪼르르 달려와서 뒤에 붙으며 걱정했다.

"정말 괜찮은 거죠?"

설무백은 끌끌 혀를 차며 면박을 주었다.

"너는 참 눈에 거슬리는 것이 많은데, 특히나 이렇게 사람을 못 믿는 게 더욱 눈에 거슬려. 그러니까, 사사무도 못 믿고, 사사무를 믿는 나도 못 믿겠다는 건데, 이렇게 한마디로 두 사람을 불신해 버리는 재주는 대체 누가 가르쳐 주는 거냐? 어디서 따로 과외수업 받냐?"

"아니, 그게, 저는 그저……!"

"쓸데없는 소리 그만두고, 애들은 불렀지?"

"애들이요?"

설무백은 인상을 썼다.

제갈명이 지레 겁먹은 표정으로 재빨리 말했다.

"아, 위보하고 위명이요! 아까 벌써 양가장으로 연락했습니다. 아마 지금쯤이면 주군의 거처에 도착해서 기다리고 있을 겁니다."

설무백은 발길을 서두르며 물었다.

"허저는 지금 어디서 지내고 있지?"

제갈명이 자신도 깜빡하고 있다는 듯 태도로 대답했다.

"아참, 안 그래도 그 친구 얘기를 하려고 했는데, 깜빡하고 있었네요. 일단 현무각(玄武閣)에 거처는 마련해 주었는데, 그다음 처리가 아주 막막해서요."

"뭐가 그리 막막하다는 거야?"

"전에 알려 주시길 그 친구가 녹림도 총표파자인 산귀 어른의 의동생이고, 앞으로 녹림맹의 실세가 돼서 주군을 도울 거라고 하셨잖습니까. 그러니 이래저래 막막하죠. 어디 쓰지도 못하고, 그렇다고 내치지도 못하고. 대체 녹림맹의 실세가 될 사람이 왜 여기서 뒹굴뒹굴 있는 겁니까?"

"그 녀석이 그러고 있었어?"

"그렇던데요?"

설무백은 잠시 믿기 어렵다는 표정으로 인상을 찌푸리고 있다가 이내 마음을 다잡으며 말했다.

"가서 데려와, 그 녀석."

"지금요?"

"그래, 지금."

"양 씨 형제가 거처에서 기다리고 있을 텐데요?"

"괜찮아. 연공실에 있을 테니까, 그리로 데려와."

천외천의
주인

"알겠습니다. 후딱 데려오겠습니다."

제갈명이 묘하는 표정을 지으면서도 잘하면 알던 이가 하나 빠질 것 같다는 기분이 들었는지 두말없이 고개를 숙이며 자리를 떠났다.

설무백은 그대로 발걸음을 재촉해서 거처로 돌아왔다.

제갈명의 말마따나 그의 거처의 대청에는 양위보, 양위명 형제가 긴장한 기색으로 기다리고 있었다.

"부르셨습니까, 형님."

"그래, 많이 기다렸지?"

"아닙니다. 방금 도착했습니다."

"열흘을 기다렸잖아."

양위보와 양위명이 멋쩍게 웃었다.

설무백은 가볍게 따라 웃고는 거두절미하고 그들, 형제를 거처에 있는, 바로 침실의 한쪽 벽을 통해서 내려가는 지하 연공실로 데리고 갔다.

연공실로 들어선 양위보와 양위명은 전에 없이 매우 긴장한 모습이었다.

시집 안 간다고 앙탈하던 처자도 날을 받아 놓으면 몸이 달아서 설친다는 옛말처럼 이제 곧 양가창의 최고 비전을 천수받는다는 생각에 마음이 졸여서 목이 타는지 연신 마른침을 삼키고 있었다.

설무백은 그런 양위보와 양위명의 긴장을 조금이나마 해소

시켜 줄 요량으로 전에 없이 부드러운 미소를 지으며 바라보다가 조용히 말했다.

"오늘 내가 너희들에게 전해 줄 것은 십자경혼창의 정수인 일초식, 추혼일섬이다. 오늘은 구결만 알려 줄 터이니 내일 완전히 숙지한 상태로 와라."

설무백의 말이 시작되자, 갑자기 주변이 소란스러워졌다.

우습지 않게도 습관적으로 따라 들어왔던 공야무륵과 암중의 요미, 흑영, 백영이 앞을 다투어 밖으로 나가느라 그랬다.

일개 무가의 비전 무공도 함부로 들어서는 안 되는 것이 강호 무림의 불문율인데, 감히 주군의 가문인 양가장의 비전무공의 구결을 들을 수는 없었던 것이다.

설무백은 그저 픽, 웃고는 마음을 차분하게 추스르며 추혼일섬의 구결을 읊어 주었다.

"존창수심(存槍守心) 창를 보존하고 마음을 지키면, 일기비천(一紀飛天) 한 점의 기로 하늘까지 날아오를 수 있고, 정합기신(精合其神) 정과 신을 합하고, 신합기기(神合其氣) 신을 기에 합하여, 정기신합(精氣神合) 정과 기와 몸을 합치면, 면면부절(綿綿不絶) 끊어지지 않고 이어지는, 한영득창(寒靈得槍) 냉정하고 신령스러운 창을 얻게 될 것이며, 일득영득(一得永得) 한번 얻으면 영원히 가지게 되리라."

한 호흡으로 쉬지 않고 추혼일섬의 구결을 읊은 설무백은 거듭 웃는 얼굴로 양위보와 양위명을 바라보며 말했다.

"어때? 뜬구름 잡는 소리가 같지?"

양위보와 양위명이 당황으로 얼굴이 홍시처럼 붉어져서 어쩔 줄 몰라 했다.

사실이 그러긴 한데, 그대로 말할 수는 없는 것이 또 그들의 입장인 것이다.

설무백은 그것을 익히 잘 알기에 짧게 부연해 주었다.

"나도 그랬어. 하지만 막상 창을 들고 구결을 되새김질해 보면 느낌이 전혀 다를 거다. 내일부터 시작해 보자."

"옙, 형님!"

양위보와 양위명이 기꺼운 표정으로 대답하며 고개를 숙이는 그때 인기척이 들리며 두 사람이 연공실로 들어섰다.

제갈명과 녹림의 소두목 허저였다.

"뭐 하고 지냈나?"

"그냥 이런저런 일을 하며 지냈죠."

"지루했겠군."

"전혀요. 운 좋게 수다를 떨 수 있는 친구를 만났거든요."

"누구?"

"무면호라고…….""

"무면호?"

설무백은 슬쩍 제갈명을 쳐다봤다.

제갈명이 말했다.

"무면호가 사신각의 관리를 맡고 있습니다. 자주 부딪치는 것 같더니 어느새 친해진 듯 요즘은 가끔 술자리도 가지고 그러더군요."

설무백은 허저를 바라보며 피식 웃었다.

무심결에 무면호를 떠올려 보자, 매사에 심드렁할 정도로 침착한 모습인 허저와 평범하고 밋밋한 얼굴에 어지간한 일에도 감정의 기복을 드러내지 않아서 어느 자리에 있어도 잘 티가 나지 않는 무면호가 매우 잘 어울린다는 생각이 들었다.

"못내 마음이 쓰였는데, 다행이군."

허저가 어색해진 표정으로 주변을 둘러보았다.

"한가하게 그런 거나 물어보려고 부른 것 같지는 않네요."

설무백은 픽, 웃는 낯으로 고개를 끄덕였다.

"보기보다 눈치가 좀 있네. 별건 아니고, 그저 실력 좀 보려고."

"예? 갑자기 그게 무슨……?"

"누가 이런 걸 예고하고 해?"

"아니, 그래도……!"

"내가 전에 그랬지? 허저, 너는 앞으로 녹림맹의 실세가 될 거라고. 그래서 한번 확인해 보려는 거야. 내 생각과 달리 부족하면 한시라도 빨리 채워 줘야 하니까."

"부족하면 채워 준다고요?"

"씩! 어째 보기보다 말이 많다 너!"

설무백은 다문 이 사이로 바람을 당겨서 성난 뱀과 같은 혓

소리를 내며 눈총을 주고는 턱짓으로 연공실의 중앙 쪽을 가리켰다.

"서 봐."

설무백의 말에 허저가 찔끔하며 시키는 대로 연공실의 중앙으로 가서 섰다.

설무백은 무심결에 공야무륵에게 시선을 주었다가 서둘러 외면했다.

좀처럼 '적당히'라는 것을 모르는 공야무륵에게 맡겼다가는 잘못하면 허저가 절대안정 보름 이상의 큰 상처를 입을 수도 있었다.

그는 슬쩍 자신의 그림자를 내려다보았다.

그러자!

"제가 할까요?"

설무백 그림자와 동화되어 있던 요미가 불쑥 머리를 내밀고 배시시 웃으며 묻고 있었다.

"헉!"

허저가 기겁하며 물러났다.

제아무리 담대한 사내라도 아무것도 없는 바닥에서 느닷없이 사람의 머리가, 그것도 머리를 늘어트린 여자의 머리가 불쑥 튀어나오면 그럴 수밖에 없을 터였다.

"너도 안 되겠다."

설무백은 흑영과 백영을 떠올렸다가 내심 그마저 고개를 저었다.

흑영의 주력인 월인은 일격 필살의 좌수 쾌검이라 타인의
실력을 시험하는 것에 적합하지 않고, 요즘의 백영은 검노에게
전수받은 양의심공으로 인해 백가인과 백가환이 교대로 깨어
나 있는데 하필이면 지금 깨어나 있는 것이 천방지축, 제멋대
로인 백가환이라 미덥지가 않았다.

그는 어쩔 수 없이 잠시 양위보와 양위명 형제를 번갈아 보
다가 이내 첫째 양위보에게 시선을 주며 말했다.

"나서 봐라."

양위보가 예기치 못한 상황에 잠시 놀란 기색이다가 이내
다부진 눈빛으로 나서서 허저를 마주했다.

양위명이 그 모습을 보며 지그시 입술을 깨물었다.

설무백은 내심 고소를 금치 못했다.

지금 양위명의 이 모습이 바로 그가 양위보를 내세운 이유였
다.

형이 자신을 속인 것이 분해서 화가 난 것인지, 아니면 형이
자신보다 강하다는 것을 알고 분해서 화가 난 것인지는 모르겠
지만, 그건 중요하지 않았다.

누구나 어떤 식으로든 속으면 분한 것이 사실이니까.

다만 그것이 바로 양위명이 지금 설무백에게 선택받지 못한
이유였다.

양위명은 동생임에도 형인 양위보에 비해 총기도 뛰어나고,

사나운 야성도 겸비한 까닭에 다방면에 걸쳐 능력을 발휘할 수 있을지언정 적어도 그와 같은 성정으로 말미암아 쉽게 승패의 결과를 벗어나지는 못할 것이 자명했다.

반면에 양위보는 동생인 양위명에 비해 부족한 것이 많고, 미욱해 보일 정도로 둔한 것이 사실이나, 바로 그 우직한 성정으로 인해 승패에 연연하지 않을 사람이었다.

그것이 바로 지금 설무백이 양위명이 아닌 양위보를 선택한 이유였다.

'위명이는 언제 한번 시간을 내서 저 뾰족한 성격을 무디게 깎아 줄 필요가 있겠군.'

설무백은 못내 선택받지 못한 것을 분해하면서 알게 모르게 씩씩거리고 있는 양위명을 일별하고는 그렇게 마음을 다잡았다.

그리고 와중에 슬쩍 한 손을 옆으로 뻗었다.

그 손의 팔뚝에 차고 있던 굵은 단창이, 바로 거무튀튀한 빛깔의 양날창인 흑린이 요술처럼 장창으로 변하며 그의 손에 들렸다.

주변의 모두가 그 모습을 바라보며 누구는 놀라고, 누구는 경이로운 눈빛을 드러냈다.

설무백은 그게 아랑곳하지 않고 수중의 양날창 흑린을 슬쩍 양위보에게 던져 주며 말했다.

"잠시 빌려주마. 쓸 수 있겠냐?"

양위보는 얼떨결에 받아 든 흑린을 새삼 경이로운 눈빛으로 살펴보다가 이내 다부지게 대답했다.

"옙!"

설무백은 한차례 고개를 끄덕이고 나서 뒤로 물러나며 당부했다.

"지금 네가 상대할 허저는 전대 흑도 고수인 서천노조의 단월천수권(斷月天守拳)을 익힌 권법의 고수다. 천성이 게으른 탓인지 이제 고작 육 성까지밖에 수련하지 않은 것 같은데, 과거 서천노조의 명성을 감안하면 그마저도 지금의 너에겐 절대 방심할 수 없는 경지이니 최선을 다해야 한다."

"……최, 최선요?"

"그래 최선을 다해라!"

"아, 옙! 최선을 다하겠습니다, 형님!"

양위보가 적잖게 놀란 기색으로 허저를 바라보는 상태로 대답하고 있었다.

지난날 불귀의 객인 되어 버린 진주언가의 전대 가주, 명실공히 강북 대협이라 불리던 북천권사 언소보와 동방일기 손지광, 그리고 남천귀영(南川鬼影) 목사진(木史進) 등과 더불어 동서남북을 대표하는 사대 고수로 불리던 흑도의 전대 고수 서천노조 채악(債岳) 위명은 그도 익히 잘 알고 있는 모양이었다.

하지만 설무백의 설명을 듣고 양위보보다 더 놀란 사람은 정작 다른 누구도 아닌 당사자 허저였다.

"아, 아니, 대체 그걸 어떻게……?"

"그냥 다 아는 수가 있어."

설무백은 대수롭지 않게 대꾸하고는 재우쳐 양위보에게 해 준 것처럼 허저에게도 당부했다.

"너도 마찬가지야. 상대는 비록 어려도 명색이 양가장의 후 예이며, 천하제일창의 직계다. 어영부영 상대하다간 큰코다칠 테니까 최선을 다하도록 해."

허저가 이내 놀란 표정을 벗어나서 잠시 물끄러미 설무백을 바라보고 있다가 불쑥 말했다.

"저 게으르지 않습니다. 그저 단월천수권의 요결이 워낙 난 해해서 진전이 더딘 것뿐입니다."

와중에도 허저는 그게 분한 모양이었다.

하긴, 그럴 만도 했다.

사부를 맞이해서 다방면에 걸쳐 지도를 받으며 수련하는 무 공과 고작 비급 하나 달랑 얻어서 홀로 터득하는 무공의 진전 은 크게 차이가 날 수밖에 없다.

하지만 설무백은 가차 없이 질타했다.

"내가 알기로 네가 서천노조의 필생절학이 담긴 비급을 얻은 것이 벌써 십 년도 더 지난 일이다. 그사이 고작 육 성의 경지 를 오락가락하면서 게으르지 않다고 말하는 건 좀 심하게 뻔뻔 하지 않냐?"

"그땐 내가 너무 어려서 몰랐죠! 그때 얻은 책이 무공비급이라는 것이 불과 삼 년 전인데……!"

허저가 발끈해서 쏘아붙이다가 이내 멈추며 새파랗게 질린 모습으로 설무백을 바라보았다.

"아, 아니 대체 그런 걸 다 어떻게 아는 겁니까?"

"그냥 다 아는 수가 있다고 했지? 한번 말하면 제발 좀 새겨들어라."

설무백은 냉정하게 말을 자르고는 재우쳐 이번에는 당부가 아니라 경고처럼 매섭게 덧붙였다.

"아무튼, 제대로 해라? 봐서 수틀리면 역사고 뭐고 간에 홀라당 벗겨서 알몸으로 내쫓을 테니까!"

"예? 역사요?"

허저가 도무지 모르겠다는 표정으로 쳐다보며 두 눈을 끔뻑거렸다.

설무백은 그제야 자신이 무심결에 하지 말아야 할 말을 해 버렸다는 사실을 깨달으며 대충 얼버무렸다.

"그냥 그런 게 있어. 알면 다치니까, 쓸데없는 소리 말고 어서 준비나 해. 시작한다?"

그리고 바로 시작해 버렸다.

"시작!"

허저가 재빨리 양위보를 마주하며 가볍게 말아 쥔 두 주먹을 가슴 앞에서 위아래 일자로 세웠다.

서천노조의 필생절학인 단월천수권의 기수식이었다.

양위보도 감히 경시하지 못하는 기색으로 빠르게 태세를 갖추었다.

왼손을 앞으로 내미는 것과 동시에 창의 중동을 잡은 오른손을 옆으로 벌려서 옆구리에 걸친 창을 수평으로 만들어 오른발을 축으로 왼발을 크게 내딛는 발 구르기, 바로 진각이었다.

이른바 십자경혼창의 기수식이 되는 진각인 포호영이었다.

쿵─!

묵직한 울림이 일어났다.

연공실의 바닥이 울리고, 사방의 벽과 천장이 부르르 진동하는 가운데, 뿌옇게 일어난 먼지가 양위보를 기점으로 원을 그리며 퍼져 나갔다.

허저의 안색이 변했다.

양위보의 성취가 그의 생각보다 더 대단했던 것이다.

그들, 두 사람의 대치를 흥미롭게 바라보던 제갈명도 같은 생각이 들었는지 절로 감탄했다.

"대단하네요! 그렇게 안 봤는데, 저 정도 실력이면 이번 풍잔의 서열 비무에 참가했어도 됐겠는걸요?"

설무백도 같은 생각을 하고 있었다.

지금 양위보의 진각은 지난날 그가 무저갱에서 광풍대주 노릇을 하며 일대를 휘젓고 다닐 때보다도 높은 경지였다.

제갈명의 말마따나 이번에 치룬 풍잔의 서열 비무에 참가했다면 충분히 서열을 차지했을 가능성이 높았다.

'그렇게 안 보였는데……?'

설무백은 내심 고개를 갸웃거리다가 이내 답을 찾았다.

무심결에 바라보면 둘째 양위명의 모습에 답이 있었다.

양위명이 크게 부릅뜬 눈으로 양위보를 바라보고 있었다.

느닷없이 감각의 통제를 벗어난 본능이 드러낸 것 같은 그 감정은 바로 경악과 불신이었다.

'동생을 배려했던 건가?'

아무래도 그런 것 같았다.

양위보는 호승심 강한, 그래서 지고는 못 사는 성격의 소유자인 동생 양위명을 위해서 일정 부분 자신의 실력을 감추고 있었던 것이 분명했다.

만약 그게 아니라면 까무러칠 듯 놀라는 양위명의 반응은 차치하고, 지금 보여 주는 양위보의 실력은 절대 설명할 수가 없었다.

세상은 천태만상이라 다른 건 다 부족해도 싸움 하나는 잘하는 사람이 있고, 양위보가 바로 범주에 있었던 것이다.

설무백은 양위보를 그렇게 인정하며 보다 세심히 양위명의 기색을 살펴보았다.

양위보를 바라보는 양위명의 눈빛이 이글이글 타오르고 있었다.

경악과 불신을 넘어서 분노하고 있는 모습이었다.

'아무래도 오늘 중으로 날을 잡아야겠네.'

설무백이 내심 그렇게 작심하는 순간에 대치하고 있던 양위보와 허저의 싸움이 시작되었다.

양위보의 선공이었다.

팡-!

반원을 그리며 돌아간 창극으로 바닥을 때리고, 그 탄력을 받아서 용처럼 치솟은 창극을 직선으로 뻗어 내서 허저의 가슴을 노렸다.

빠르고 예리하며 더 없이 파괴적인 속도의 창격이었다.

허저의 입장에선 피하는 것 말고는 다른 도리가 없어 보이는 그때, 허저의 신형이 빙그르르 돌아가며 빙판에서 미끄러지듯 양위보를 향해 다가섰다.

가히 순간적으로 벌어진 일이라 마치 양위보가 뻗어 낸 창극이 허저의 가슴을 관통해 버린 것으로 보였는데, 그것은 착각이었다.

허저는 한순간 몸을 비틀어서 양위보가 뻗어 낸 상극을 옆구리로 흘려버림과 동시에 신형을 돌려서 창대를 타고 들어간 것이었다.

취리리릭-!

서로 엇나간 두 사람의 기세가 불꽃처럼 사방으로 튀었다.

양위보가 위기를 느낀 표정으로 안색을 굳히며 수중의 창대를 높이 쳐들었다.

팽이처럼 돌며 창대를 타고 들어가던 허저의 신형이 여지없이 노출되었다.

허저가 그 순간에 갈고리처럼 오므려진 손을, 일명 용조수
(龍爪手)를 내밀어서 양위보의 목을 노렸다.

양위보가 때를 같이해서 신형을 날렸다.

그의 신형이 앞서 높이 쳐든 창대를 따라서 반원을 그리며
용조수를 뻗어 내며 쇄도하는 허저의 머리 위를 넘어갔다.

허저가 허공을 움켜잡은 손을 그대로 양위보의 신형을 따라
서 높이 쳐들며 뒤로 공중제비를 돌았다.

워낙 순간적으로 벌어진 일이라 마치 양위보의 신형과 허저
의 신형이 위아래로 포개지며 한 몸처럼 붙어서 공중제비를 도
는 것처럼 보였다.

흡사 한 몸처럼 붙어서 빠르게 공중제비를 돌던 그들의 신
형이 이내 떨어졌다.

서로가 서로를 강하게 밀친 것처럼 각기 대여섯 장을 물러
난 그들은 더 이상 움직이지 않았다.

승부가 났기 때문이다.

십 장여를 격하고 마주 선 그들의 사이 허공에서 예리하게
찢겨진 옷깃이 팔랑거리며 떨어져 내리고 있었다.

허저의 옆구리 옷깃이었다.

양위보의 창극이 훑고 지나간 허저의 옆구리는 붉은 기운에
물들어 있었다.

그러나 승리자는 그런 상처를 입은 허저였다.

흑린의 한쪽 창극을 발치에 내리며 허저를 지그시 바라보는 양위보의 가슴에는 붉은 빛깔의 선명한 손도장이 찍혀 있었다.

허저의 단월천수권이 적중한 흔적이었다.

파란무림波瀾武林 (3)

"흑비라지요? 말로만 들어 본 할아버님의 물건을 만질 수 있게 해 주셔서 고맙습니다. 과연 무가지보라 할 정도로 극품의 창이네요. 제가 부족해서 패한 것이니, 흑비에게 누가 되지 않기를 바랍니다."

양위보가 조용히 설무백에게 다가와서 사뭇 감개무량한 표정으로 양날창 흑비를 두 손에 받쳐 들고 건넨 말이었다.

설무백은 흑비를 건네받으며 고도의 허공섭물을 통해서 요술처럼 한순간에 단창으로 바꾸어 팔뚝에 장착했다.

그리고 순간적으로 두 손을 내밀어서 양위보의 가슴을 옷깃을 활짝 펼쳤다.

양위보가 피할 엄두도 내지 못한 채 그저 움찔했다.

그렇게 드러난 그의 가슴에는 역시나 설무백의 예상대로 붉은 손도장이 선명하게 찍혀 있었다.

설무백은 짧게 물었다.

"통증은?"

양위보가 어색하게 웃으며 말을 얼버무렸다.

"괜찮습니다. 그저 조금 결리는 정도라……."

"내상은 징후는 미약해도 위험한 거다."

설무백은 말과 함께 손을 내밀어서 양위보의 가슴 아래 명치를 손바닥으로 가볍게 한 대 치고, 이어서 양위보의 신형을 돌린 다음, 등 쪽 명문혈(命門穴)에 손바닥을 대고 순간적으로 진기를 주입했다.

"컥!"

양위보가 울컥 한 모금의 피를 토해 냈다.

덩어리가 지진 않았으나, 검붉게 죽은 핏물이었다.

때를 같이해서 양위보의 가슴에 찍힌 붉은 손도장이 흐릿하게 변했다.

설무백은 그제야 양위보의 명문혈에 주입하던 진기를 거두고 슬쩍 밀어내며 말했다.

"당장은 진기의 운행이 원활하지 않을 테지만, 한 이틀 진기 요상하면 괜찮아질 거다."

양위보가 돌아서서 더 없이 정중하게 포권의 예를 취했다.

"고맙습니다, 형님."

그때 양위명이 후다닥 양위보 옆으로 나서서 공수하며 말했다.

"제게도 기회를 주십시오, 형님!"

설무백은 곱지 않은 눈빛으로 양위명을 바라보며 물었다.

"왜 기회를 달라는 거지? 형이 진 것이 분한 거냐, 아니면 형을 누른 자를 이겨서 너의 무위를 뽐내고 싶은 거냐?"

"……!"

양위명이 굳어졌다.

단지 말문이 막혀서 함구하고 있는 것이 아니라, 냉담한 설무백의 눈빛에 완전히 압도당해서 선뜻 입이 떨어지지 않는 것이다.

설무백은 그런 양위명을 냉정하게 응시하며 충고를 더했다.

"상대와 경쟁을 하여 승부를 내거나 이기려는 욕구나 욕심은 무인에게 있어 없어서는 안 될 덕목이긴 하다. 하나, 무조건 이겨야 하고, 누구에게도 지고서는 못 사는 성격, 지나친 승부욕은 자신을 망치는 지름길이 될 수도 있다. 그게 선택적인 승부욕이라면 더욱 그렇다."

그는 손가락으로 자기 자신을 가리키며 덧붙였다.

"일방적인 승부욕이라면 지금 그런 감정을 네게도 가졌어야지. 만만한 것이 콩떡이라고, 누구에게는 승부욕이 들고 누구에게는 엄두도 내지 못한다면 이것은 실로 문제라고 생각하지 않냐?"

양위명이 그제야 깨달은 바가 있는지 털썩 무릎을 꿇고 머리를 조아리며 용서를 빌었다.

"죄송합니다, 형님! 소제의 생각이 짧았습니다!"

설무백은 그대로 받아들이지 않고 냉담하게 다그쳤다.

"실로 그렇게 생각하는 것이냐? 이 순간만 모면하기 위해서 눈 가리고 아웅하는 궁여지책(窮餘之策)이 아니고?"

"아닙니다, 형님!"

양위명이 이마를 바닥에 찧어서 피를 냈다.

"지금 형님이 왜 그런 말씀을 하시는지 압니다. 다만 제가 조금 전 평소 아는 것과 달리 높은 형의 무위를 보고 일순 화가 났던 것은 사실이나, 그건 시기나 질투가 아니라 단순히 제게 솔직하지 않은 형에게 심통이 났을 뿐이며, 지금 나선 것도 그와 같습니다. 단순히 형이 져서 울컥하는 마음에 나선 것이지 다른 이유는 전혀 가지고 있지 않았습니다. 믿어 주십시오, 형님!"

설무백은 머쓱하게 입맛을 다셨다.

지금 양위명의 태도가 진심이라면 그의 평가보다 뛰어난 인재일 테지만, 고도의 기만이라면 타고난 효웅(梟雄)이라는 생각이 들어서 실로 기분이 애매했다.

하지만 결론적으로 말해서 나쁜 기분은 아니었다.

지금과 같은 난세에는 전자든 후자든 아무런 상관이 없을 터였다.

'후자라면 보다 더 각별히 신경을 써야 할 테지만……!'

그래도 상관없었다.

전생의 기억에 있는 암천의 바로 마교의 흉포함을 생각해본 다면 차라리 후자가 나을 수도 있다는 기분도 들었다.

"그래 알았다. 믿으마. 그리고……."

그는 양위보에게 시선을 주며 말을 이었다.

"이제 위보 너도 주의해라. 처신이 지나치게 신중하면 세상 과 어울리지 못하는 법이다. 하물며 위명이는 피를 나눈 네 형 제가 아니더냐. 형제에게까지 자신의 본색을 감추는 것은 옳지 않다. 사람에 따라 그건 배려가 아니라 치욕일 수 있다."

양위보가 조용히 고개를 숙이는 것으로 수긍하며 대답했다.

"죄송합니다. 각별히 앞으로 주의하겠습니다."

설무백은 내심 고소를 금치 못했다.

장황할 정도로 구구절절한 변설로 자신의 입장을 표명한 양 위명보다 짧은 한마디 사과로 끝내는 양위보가 더 믿음직하게 보이는 것은 왜일까?

"알았다. 이제 너희들은 이만 돌아가 봐라."

"아, 예. 그럼 저희는 이만……!"

양위보와 양위명이 돌아갔다.

설무백은 그제야 허저에게 시선을 주며 물었다.

"상처는?"

허저가 딴청을 부리며 질문과 상관없는 대답을 건넸다.

"고의가 아닙니다. 그 애의 공격이 워낙 신랄해서 이것저것 가릴 틈이 없었습니다."

양위보의 상처를 두고 하는 말이었다.

설무백은 아무렇지도 않게 고개를 끄덕이며 수긍했다.

"알아. 고의였으면 지금 네가 이렇게 멀쩡히 서 있을 것 같아?"

"아……!"

허저가 입을 벌린 채 더는 말을 하지 못하고 그저 수긍하는 기색으로 고개를 끄덕거렸다.

설무백은 그런 허저를 향해 거두절미하고 본론을 꺼냈다.

"일단 실력은 합격이다. 얼마든지 곁에 두고 부리를 수 있는 수준은 되는 것 같다. 하지만 당사자의 의견도 중요하니, 이 자리에서 네게 선택할 기회를 주겠다."

허저가 어리둥절한 표정으로 드러내며 물었다.

"제가 싫으면 얼마든지 그만두고 돌아가도 되는, 뭐 그런 선택인 건가요?"

설무백은 대수롭지 않게 부정했다.

"아니."

"그럼요?"

"네가 선택할 수 있는 건 둘 중 하나다."

허저가 실망스러운 표정으로 물었다.

"어떤 둘 중 하나요?"

설무백은 의미심장한 표정으로 손가락을 하나씩 펴며 말했다.

"첫째, 여기서 지내다가 나중에 녹림맹이 무너지면 내 도움을 받아서 녹림맹을 재건한다. 둘째, 일단 녹림맹으로 복귀해서 생활하다가 녹림맹이 무너지면 무조건 내게 달려와서 도움을 청한다."

그는 두 개로 늘어난 손가락을 흔들어 보이며 재우쳐 물었다.

"어떤 걸로 할래?"

허저가 휘둥그레진 두 눈으로 설무백을 쳐다봤다.

"지금 녹림맹이 무조건 무너진다는 소립니까?"

"응."

"하!"

허저가 어처구니가 없다는 듯 실소하며 말했다.

"자고로 녹림소탕(綠林掃蕩)과 장강병탄(長江倂呑)의 대역사(大役事)는 그동안 나라님도 하지 못한 일이고, 앞으로도 하지 못할 일입니다. 도대체 그런 걸 누가 할 수 있다고 이런 말도 안 되는 얘기를 하는 겁니까?"

설무백은 시큰둥하게 대꾸했다.

"마교."

"마교는 무슨 얼어 죽을……! 예? 마, 마교요?"

허저가 뒤늦게 깨닫고는 새파랗게 질린 얼굴로 굳어져서 마른침을 꿀꺽 삼켰다.

설무백은 그에 아랑곳하지 않고 재촉했다.

"어떻게 할래? 첫 번째로 할래, 두 번째로 할래?"

허저가 한참 동안이나 꿀 먹은 벙어리처럼 입을 다문 채 눈만 끔뻑이고 있다가 뒤늦게 정신을 차리며 물었다.

"마교가 부활해서 녹림맹을 공격할 거란 말인가요?"

"어디 녹림맹뿐일까?"

"하면, 강호 무림 전체가……?"

"아마도 그렇게 되겠지?"

설무백의 말을 들은 허저가 펄쩍 뛰었다.

"아니, 사실이 그렇다면 대체 왜 지금 이러고 있는 겁니까? 어서 한시라도 빨리 세상에 알리고 힘을 결집해서……?"

"세상이 모르고 있다고 생각해?"

"예?"

"지금이 태평성대(太平聖代)냐?"

"예?"

"태평성대라면 무림맹은 왜 생겼고, 흑도천상회는 또 왜 생겼을까?"

"……!"

"이미 알 사람은 다 알아. 하지만 아직 공표할 수는 없어. 당최 인원을 알 수 없는 간자(間者) 때문에. 그리고 적이 그늘에 숨어 있는 것을 뻔히 아는데, 어떻게 햇볕 아래로 나설 수 있겠어? 안 그래?"

허저가 조심스럽게 물었다.

"하면, 우리 산귀 어른도……?"

"당연히 알고 있지."

설무백은 잘라 말했다.

"물론 그 노인네도 자기 주변에 대체 얼마나 많은 간자가 숨어들어 있는지는 모르고 있지만 말이야."

허저가 새삼 마른침을 삼켰다.

그는 한동안 깊은 생각에 잠겼다가 깨어나며 말했다.

"사실이 그렇다면 저는 산으로 돌아가겠습니다."

설무백은 어디까지나 태연자약한 모습으로 고개를 끄덕이며 확인했다.

"녹림맹에서 산귀를 도우며 생활하다가 녹림맹이 무너지면 무조건 내게 달려와서 도움을 청하겠다?"

허저가 다부진 눈빛을 드러내며 대답했다.

"대당가의 말을 얼마나 믿어야 할지 모르겠지만, 이유여하를 막론하고 무너질 때 함께 무너져야겠습니다. 그래야 모두가 나를 믿어 줄 테고, 또한 그래야 재건할 때보다 더 빠를 테니까요."

설무백은 의외로 담백하면서도 다부진 허저의 태도가 마음에 들었다.

내심 흡족하게 허저의 결정을 받아들인 그는 승낙에 앞서 마지막으로 한 번 더 확인했다.

"무림맹이 무너지면 어떻게 해야 한다고?"

허저가 추호도 망설이지 않고 힘주어 대답했다.

"애초에 몰랐으면 몰라도 이제 알게 되었으니 사력을 다해서 그렇게 되지 않도록 막을 겁니다. 하지만 그럼에도 불구하고 그렇게 된다면 무조건 대당가에게 달려와서 도움을 청하겠습니다!"

설무백은 픽 웃으며 물었다.

"언제 떠날래?"

허저가 속 깊은 눈빛으로 설무백을 바라보며 물었다.

"쇠뿔도 단김에 빼랬다고, 내친김에 지금 바로 가야죠. 괜찮죠?"

"그야 물론."

설무백은 기꺼이 승낙하며 한마디 충고를 아끼지 않았다.

"꼭 잊지 말고 기억해. 산귀의 주변이나 녹림총단의 내부에 얼마나 많은 적의 간자가 존재하는지 그 누구도 모른다는 사실을."

허저가 더 없이 정중하게 포권의 예를 취했다.

"각골명심하겠습니다. 실로 그동안 정말 많이 배우고 갑니다, 대당가!"

허저는 그렇게 풍잔을 떠났다.

설무백은 지극히 만족한 기분으로 허저를 떠나보냈고, 다음

날부터 정신없이 바쁜 일상을 맞이했다.

내부적으로 급한 일은 거의 다 끝냈으나, 이전처럼 수시로 영내를 돌며 식구들의 수련을 돌보는 것은 결코 쉽고 간단한 일이 아니었다.

특히 양위보와 양위명을 지도하는 것이 겹쳐서 더욱 그랬다.

매일 밤 정해진 시간에 누군가를 가르친다는 것도 쉽지 않은 일인데, 그 대상이 바로 그가 환생해서 처음으로 마음을 열었던 사람인 할아버지, 양세기의 가문을 부흥시켜야 할 존재들이라 더욱더 신경이 쓰이지 않을 수 없었다.

모종의 임무로 북경에 갔던 정기룡이 돌아온 것이 그때, 눈코 뜰 사이 없이 바쁜 일상 속에서 설무백이 마침내 양위보와 양위명의 지도를 종결지은 보름 후, 마지막 일과인 운기행공에 돌입했을 때였다.

우습지 않게도 설무백은 자신이 천하에 다시없을 기연을 얻었다는 사실을 그때서야 비로소 알게 되었다.

뭐지?

뭐가 이런 느낌이지?

왜 소름이 돋는 경각심이 생기는 거야?

설무백은 운기행공에 돌입해서 무아지경의 경계를 넘기 직전에 자신을 향해 다가오는 두 개의 기척을 느끼며 절로 그런 생각에 빠졌다.

두 개의 기척 중 하나는 정기룡이었고, 다른 하나는 정기룡의 뒤를 은밀히 따르는 누군가의 기척이었다.

누군가 정기룡의 뒤를 미행하는 것인데, 그는 묘하게도 바로 그 누군가의 기척에서 그처럼 묘한 기분을 느끼고 있었다.

그러다가 그는 이내 깨달았다.

이건 경각심이 아니라 환희 혹은 희열과도 같은 느낌에서 오는 소름이었다.

화가 나거나 놀랄 때, 추위를 느낄 때나 두려움을 느낄 때 갑자기 오싹해지며 피부가 돋는 것이 바로 소름인데, 지금 그가 느끼는 소름은 그렇지 않았다.

피부는 아무렇지도 않았다.

머릿속에서만 일어나는 소름 혹은 전율, 아니, 진정한 의미로는 그와 같은 느낌이었기 때문이다.

설무백은 태어나서 단 한 번도 느껴 본 적이 없기에 정체를 알 수 없는 그 느낌을 곱씹다가 불현듯 깨달았다.

'마기!'

그랬다.

정기룡의 뒤를 따라오는 기척에서는 마기가 느껴졌다.

거리가 멀었을 때는 몰랐으나, 거리가 가까워지자 절로 느껴진 것인데, 그 순간 전율과도 같은 불가사의한 느낌이 보다 더 강렬해졌다.

아니, 마구 요동치고 있었다.

설무백은 그래서 알게 되었다.

이건 전날 그가 흡수한 천마령의 기운이 일으키는 증상이었다.

천마령이 마기를 느끼자 희열에 차오르며 그의 머릿속에 소름이 돋는 것 같은 전율을 가져다주고 있는 것이다.

'천마령의 기운은 마기에 반응한다!'

확실했다.

지금 그가 느끼는 기분은 그게 아니라면 절대 설명될 수 없었다.

즉, 천마령의 기운은 그의 내공과 합체한 상태에서도 여전히 예전의 공능을 그대로 간직하고 있었다.

그래서 지금 마기를 느끼자 굶주린 포식자처럼 흡수하고 싶은 욕망을 그에게 전달하고 있는 것이었다.

'본의 아니게 마도 감별사가 되어 버렸네.'

설무백은 예기치 않게 자신이 것이 되어 버린 천마령의 능력에 묘한 감흥을 느끼며 서둘러 운기행공에서 깨어났다.

정기룡 등 어느새 그의 지근거리로 다가섰던 것인데, 때마침 그 순간에 암중의 요미도 그들의 존재를 파악했다.

"우리 정 공자께서 꼬리를 달고 왔는뎁쇼?"

설무백은 대수롭지 않게 대꾸했다.

"기회를 봐서 생포해. 시험해 볼 게 있으니까, 절대 죽이면 안 된다?"

"예이!"

요미가 장난스럽게 대꾸하고는 안개처럼 스르르 그의 그림자를 벗어나서 창문 밖으로 사라졌다.

정기룡이 문을 두드린 것은 그로부터 서너 호흡 뒤였다.

"기룡이입니다, 사부님."

"들어와라."

정기룡이 문을 열고 들어왔다.

설무백은 정기룡이 문밖을 지키던 공야무륵과 함께 안으로 들어서는 순간과 동시에 안개라도 드리운 것처럼 습한 공기 같은 존재가 지근거리로 다가서는 것을 느낄 수 있었다.

은신술에 대한 자부심이 대단한지 적극적으로 창가의 처마에 달라붙었다.

"다녀왔습니다, 사부님."

"수고했다."

설무백은 더 없이 정중하게 공수하는 정기룡의 인사를 냉정할 정도로 짧게 받았다. 그리고 이내 서늘할 정도로 깊은 눈빛으로 정기룡을 바라보며 말했다.

"다만 이 자리에서 네게 당부할 것이 하나 있다."

느닷없는 말임에도 불구하고 정기룡의 태도는 어디까지나 차분했다.

"말씀하십시오, 사부님."

설무백은 조용히 말했다.

"실력이 부족해서 벌어지는 일은 불가항력이니, 얼마든지 용서할 수 있다. 하나, 신중하지 못하고, 주의를 게을리해서 벌어진 일은 절대 용서하지 않을 테니, 매사에 만전을 기해야 한다. 알겠느냐?"

"아, 예. 알겠습니다."

정기룡이 불시에 뒤통수를 얻어맞은 사람처럼 대답과 동시에 사부인 설무백이 무슨 일로 화가 났나 눈치를 살폈다.

하지만 설무백은 시종 무심하고 깊은 눈빛이라 그가 찾아낼 수 있는 것은 아무것도 없었다.

그때, 창밖에서 우당탕하고 몹시 요란한 소음이 울리더니 이내 창문이 박살 나며 시커먼 덩어리가 안으로 날아들었다.

하나처럼 뒤엉킨 두 사람, 작은 체구의 요미와 호리호리하나 넓은 어깨를 가진 사내 하나였다.

"아, 새끼! 생각보다 빠르네!"

부서진 창밖으로 무너진 처마의 기와가 쏟아지는 가운데, 이내 바닥에 엎어진 사내에게서 떨어져서 일어난 요미가 옷을 털며 투덜거리는 말이었다.

와중에 자신이 미행당했다는 사실을 깨달은 정기룡이 털썩 무릎을 꿇으며 머리를 조아렸다.

"죄, 죄송합니다, 사부님!"

설무백은 그와 상관없이 미간을 찌푸리며 요미를 바라보았다.

알게 모르게 그의 눈치를 보던 요미가 계면쩍은 얼굴로 뒷

머리를 긁적이며 헤헤 웃었다.

"실수, 실수. 애가 생각보다 빠르더라고요. 그래도 오빠 말
대로 죽이진 않았어요. 잘했죠?"

설무백은 한마디 꾸짖어 주려던 찰나에 요미의 한쪽 손등에
선명하게 그어진 붉은 자국을 보고는 애써 참았다.

손톱에 긁힌 자국이었다.

보통의 손톱으로는, 또한 어지간한 속도를 가지고는 절대
요미의 손등에 그런 흔적을 남길 수는 없었다.

정기룡을 따라온 미행자가 생각보다 빨랐다는 요미의 변명
이 어김없는 사실이라는 방증이었다.

설무백은 이내 바닥에 엎어진 사내에게서 그에 대한 증거를
눈으로 확인할 수 있었다.

사내의 손이, 정확히는 길고 단단해 보이는 손가락이 평범
하지 않게 뾰족하고 빛이 났다.

강조(鋼爪), 손가락에 끼우는 가짜 손톱이었다.

사내는 할퀴기, 이른바 응사조법(鷹蛇爪法)이 특기인 사람이
고, 그것도 분명히 기습을 했을 요미에게 상처를 입을 수 있을
정도로 뛰어난 고수였다.

순간, 설무백은 차가워졌다.

평소 내색은 삼가고 있으나, 상대가 누구든지 간에 동료를
건드리는 자에 대한 그의 분노는 다른 무엇보다 우선할 정도로
강렬했다.

"일으켜 앉혀."

설무백의 분노가 공야무륵에게도 전이된 것 같았다.

그의 지시를 듣고 의자를 가져온 공야무륵은 사내를 일으켜 앉히기 전에 옆구리를 걷어찼다.

"⋯⋯!"

사내의 두 눈이 튀어나올 것처럼 커졌다.

공야무륵이 내공을 불어넣은 발길질로 가장 아픈 부위를 걷어찬 것인데, 사내는 아혈이 봉쇄당한 처지라 비명조차 지르지 못한 것이다.

"기절한 건가 해서요."

공야무륵의 뻔한 변명이었다.

설무백은 어련하겠냐는 듯 그냥 외면하며 여전히 바닥에 무릎을 꿇고 있는 정기룡에게 시선을 주며 말했다.

"어서 일어나라. 실력이 부족해서 벌어지는 일은 얼마든지 용서한다고 하질 않았냐. 이런 일로 내가 화를 내는 일은 앞으로도 없을 것이니, 너는 절대 괘념치 말고 네가 할 수 있는 일만 하면 되는 거다."

정기룡이 일어나지 않고 새삼 머리를 조아리며 말했다.

"제자, 사부님이 이런 일에도 화를 내야 하는 사람이 될 수 있도록 최선을 다하겠습니다!"

설무백은 내심 흡족했다.

지금 그가 화를 내지 않는 것을 자신의 실력이 그만큼 부족하다는 뜻으로 받아들이며 못내 분해하는 정기룡의 태도가 마음에 들었다.

이제 양가장에 있을 때와 달리 예전 북경에서 처음 만났을 때의 기백이 살아난 것 같았다.

그는 애써 내색을 삼가며 말했다.

"쉽지 않을 거다. 내가 가진 너에 대한 기대치는 매우 높으니까."

정기룡이 힘껏 일어나서 고개를 숙였다.

"기대하셔도 좋습니다!"

설무백은 가볍게 웃는 것으로 정기룡의 기백을 보듬어 주고는 이내 냉정한 모습으로 돌아가서 공야무륵이 의자에 앉힌 사내에게 시선을 주었다.

삼십 대 중후반으로 보이는 사내는 뱀처럼 가는 눈매와 뾰족한 화살코, 얄팍한 입술을 가진 독종의 얼굴이었다.

그의 시선을 마주하는 눈빛도 독살스러웠다.

설무백은 그에 아랑곳하지 않고 매우 흡족한 미소를 지으며 사내를 바라보았다.

사내의 외모나 태도와 상관없이 일종의 전율과도 같은 기분으로 절로 느껴지는 사내의 마기 때문에 그랬다.

"재밌네."

설무백은 정말 재미있었다.

지금 면전에 앉은 사내로 인해 확실해졌다.

이제 그는 눈으로 색을 구별하듯 상대가 갈무리한 혹은 내재되어 있는 마기를 정확히 느낄 수 있었다.

그는 그래서 또한 알 수 있었다.

"넌 천사교가 아니구나?"

사내의 안색이 살짝 변했다.

설무백은 그런 사내의 반응을 예의 주시하며 계속 말했다.

"내 제자가 방문한 곳은 딱 두 군데지. 한곳은 북경상련이고, 다른 한곳은 왕부. 그리고 내 제자는 절대 내 지시를 어기고 중도에 한눈을 팔거나 하는 짓은 하지 않으니까, 결국 너는 그 두 곳 중 한곳에 잠입해 있었다는 건데……."

은근히 말꼬리를 늘이던 그는 느닷없이 물었다.

"역시 천사교만이 아니라 다른 마교의 끄나풀도 이미 중원에서 활동하고 있다는 소리네? 그렇지?"

뱀처럼 가는 사내의 눈가 파르르 경련이 일어났다.

그 어떤 대답보다도 확실한 긍정이었다.

설무백은 지그시 뱀눈의 사내를 주시하며 은연중에 전신의 공력을 끌어 올렸다.

천마령의 기운을 흡수한 이후 처음으로 전신의 공력을 운기한 것이다.

순간, 놀라운 변화가, 실로 전과는 다른 변화가 일어났다.

그의 두 눈에 광망이 어리는 가운데, 머리카락이 스멀스멀 일어나서 허공을 향해 기어 올라갔다.

두 소맷자락이 고무풍선처럼 부풀어 오르고, 천장으로 한 올 한 올 솟구쳐서 빳빳해진 머리카락에서는 새파란 불꽃이 튀겼다.

때를 같이해서 뭉클거리며 일어나는 검은 연기가 있었다.

마치 무언가를 태울 때 불꽃과 함께 연기에 섞여 나오는 그을음처럼 짙은 연기가 그의 전신에서 뭉클거리며 피어났다.

바로 그가 흡수한 천마령의 기운, 더 할 수 없이 지독한 마기였다.

"……!"

설무백을 바라보고 있던 뱀눈 사내의 눈빛이 경악과 불신으로 가득 찼다.

비단 뱀눈 사내만이 아니라 공야무륵과 요미 등도 그의 태도와 다르지 않았다.

정기룡의 경우는 무지막지한 그의 기세를 감당하지 못해서 주룩 뒤로 밀려나 버렸다.

설무백은 그런 주변의 변화에 아랑곳하지 않고 천천히 손을 내밀어서 의자에 앉혀진 뱀눈 사내의 아혈을 풀어 주었다.

그리고 물었다.

"내가 누구냐? 누구로 보이냐?"

"으……!"

뱀눈 사내는 대답 대신 신음을 흘렸다.

대답할 수 없는 것이 아니라 대답을 못하고 있었다.

설무백은 채근하거나 다그치지 않았다.

경악과 불신으로 커져서 자신을 바라보고 있는 뱀눈 사내의 눈빛이 말해 주고 있었다.

안다고, 알 것 같다고. 그런 마기를 지닐 수 있는 사람은 천하에 오직 한 사람뿐이라고.

하지만 아니라고.

절대 그럴 수 없다고. 그럴 수 없는 일이라고.

뱀눈 사내는 그래서 충격과 공포 속에 대답하지 못하고 있는 것이었다.

설무백은 그것으로 충분했다.

"그래, 알았다. 고맙다."

나직한 혼잣말과 함께 그는 슬쩍 손을 내밀어서 뱀눈 사내의 얼굴을 포갰다.

그러자 그의 전신이 선명해졌다.

그의 전신을 감싸며 이글거리던 검은 불꽃같은 마기가 뱀눈 사내의 얼굴을 덮은 그의 손으로 집결한 까닭이었다.

"으......!"

뱀눈 사내가 억눌린 신음을 흘렸다.

앞서의 신음이 경악과 불신, 충격과 공포를 담았다면 이번의 신음은 마치 절정의 순간을 맞이하는 사내처럼 희열을 담고 있었다.

사내는 그 속에서 혼백이 날아가 버린 허깨비가 되어서 바싹

마른 껍데기만 남아 버렸다.

예로부터 강호 무림의 그 어떤 특수한 대법이나 주술을 통한 흡성대법도 엄연히 기본적으로 지켜야 할, 절대적으로 지키지 않으면 안 될 원칙이 존재한다.

우선 상대방의 내력이 시전자보다 월등히 높거나 통제가 불가능할 정도로 특수한 내공이면 안 되고, 다음으로 기를 흡수할 시간이 짧거나 내공을 흡수하기 위해서 상대와 접촉하는 면적이 적으면 안 된다.

전자의 경우는 흡성대법을 시도해 봤자 더 큰 힘을 가진 상대가 얼마든지 튕겨 낼 수 있기 때문에 가당치 않고, 시간이 짧거나 상대방과 접촉하는 면적이 적으면 기를 흡수하는 것 자체가 불가능하기 때문이다.

그러나 원리와 원칙을 떠나서 시전자가 흡성대법을 사용함에 있어 가장 중요한 것은 그것들이 아니라 따로 있다.

시전자가 흡성대법으로 흡수한 내공들을 담을 수 있는 크기의 그릇과 그 내공들을 억눌러서 통제할 수 있을 정도로 막강한 내공을 가지고 있거나, 아예 흡수한 내공을 자신의 것으로 완전히 합일시킬 수 있는 능력을 가지고 있어야 한다는 것이 바로 그것이다.

물이 차면 넘치는 것이 당연하듯 내공을 흡수만 하고 소화하지 못하면, 즉 자신의 진기로 조화시키지 못하면 결국 그릇의

크기에 따라 빨리 혹은 늦게라도 포화 상태에 이르러 역으로 지배당해서 발작을 일으키는 심마에 빠지며, 종내에는 주화입마로 죽을 수밖에 없는 것이다.

그런 면에서 볼 때, 천마령의 기운을 자신의 진기와 합일시킴으로써 자연스럽게 흡성대법을 습득한 설무백은 그 모든 원리 원칙과 규제에서 더 없이 자유로웠다.

설무백의 내공에 내제되어 있는 천마령의 기운이 흡성대법으로 흡수하는 이종 진기를 마치 물속에 석인 불순물을 정제하듯 그 즉시 낱낱이 해부하고 파헤쳐서 필요한 것은 취하고 필요 없는 것은 버리는 과정을 실행했기 때문이다.

껍데기만 남아 버린 뱀눈의 사내가 예전의 경우처럼 푸석푸석해지지 않고 그야말로 목내이와 같은 형체를 유지한 이유가 거기에 있었다.

설무백에게 불필요한 찌꺼기를 돌려받은 까닭인데, 그 과정에서 들어난 뱀눈 사내의 내공은 막대했다.

그로 인해 지금 설무백의 몸속에서는 기의 회오리가 불고 있었다.

폭풍우 치는 바다처럼 성격이 다른 뱀눈 사내의 진기가 그가 가진 본연의 진기와 어울리며 조화를 이루는 가운데 벌어지는 내공의 소용돌이였다.

물론 당연하게도 위험한 증상은 아니었다.

그저 불어진 진기가 뽐내듯 한번 용솟음치는 것에 불과했다.

다만 설무백은 와중에 내심 조금 놀랐다.

은신술의 경지를 보고 어느 정도 예상은 했지만, 뱀눈 사내의 내공이 상상 이상으로 높았기 때문이다.

이전에 천마령의 기운이 흡성대법으로 천사교의 백팔사도 등의 내공을 흡수할 때는 전혀 몰랐으나, 이제는 흡성대법이 벌어지는 순간의 모든 것을 그가 느낄 수 있는 것이다.

'이 정도가 마고의 어느 정도 위치일까?'

이 정도가 고작 마교의 하수인 마졸에 불과하다면 참으로 앞으로의 싸움이 험난할 것이라는 생각이 들었다.

설무백은 애써 그와 같은 생각을 떨쳐 내고 목내이처럼 변한 뱀눈 사내의 주검을 한쪽으로 내던지며 호흡을 가다듬었다.

순간, 그의 전신을 휘감으며 검은 불꽃처럼 이글거리던 가공할 마기가 거짓말처럼 소멸되었다.

광망을 뿜어내던 그의 두 눈도 평소처럼 고요하게 가라앉았다.

분명 찰나처럼 한순간에 벌어진 일이었으나, 영혼처럼 길게 느껴지던 시간이 지나간 것이다.

그러나 장내의 침묵은 여전했다.

설무백의 흡성대법을 처음 목도하는 정기룡은 말할 것도 없고, 이미 본 적이 있는 공야무륵과 요미 등도 선뜻 움직이지도, 말문을 떼지도 못하고 있었다.

조금 전에 설무백이 의도적으로 전신의 내공을 끌어 올려서 드러낸 모습은 그야말로 희대의 마왕보다 더 마왕처럼 보이는 모습으로 그들 모두에게 엄청난 충격을 안겨 준 까닭이었다.

물론 그런 충격이 그들의 관계를 엇나가게 흔들 수는 없는 일이었다.

이윽고.

"아, 씨, 놀랐네."

과장되게 이마의 땀을 훑어 내는 요미의 투덜거림으로 잠시 멈추어진 것 같던 장내의 시간이 다시 흐르기 시작했다.

공야무륵이 바닥에 널브러진 뱀눈 사내의 주검을 챙기며 놀란 기색을 감추지 않고 속내를 드러냈다.

"전과는 다르네요. 그동안 또 기연을 얻으신 겁니까?"

설무백은 어깨를 으쓱이며 대수롭지 않게 대답했다.

"뭐, 그렇다고 볼 수 있지."

요미가 후다닥 공야무륵의 곁으로 가서 뱀눈 사내의 주검을 살피며 중얼거렸다.

"전에는 워낙 급작스러워서 그저 반신반의했는데, 이젠 확실하게 알겠네요. 이런 식의 흡성대법에 대해서 할머니에게 들은 적이 있어요. 이거 분명 천년마교의 수법이에요. 여타의 수법과 달리 상대가 반항은커녕 고분고분하게 수용하고, 이렇듯 고통 대신 희열을 느끼게 만드는 흡성대법은 그들에게만 전해지는 수법이라고 했어요."

그녀는 자못 예리하게 좁혀진 시선을 설무백에게 돌리며 재우쳐 물었다.

"맞죠? 이거 마교의 마공이죠?"

설무백은 요미를 비롯한 장내의 모두를 둘러보았다.

요미의 말에 모두가 그를 바라보고 있었다.

그는 대답 대신 물었다.

"다들 어때? 내가 마교의 마공을 쓰는데도 아무렇지도 않아?"

요미가 별 이상한 소리를 다한다는 눈빛으로 쳐다보며 대꾸했다.

"그게 뭐 어때서요? 마공을 쓴다고 사람이 바뀌나요? 오빠가 마공을 쓰는 거잖아요?"

암중의 백영이 요미의 말꼬리를 잡고 동조했다.

"저도 이하동문이요."

거침없이 말하는 것을 보니, 백가환이 틀림없었다.

설무백은 어깨를 으쓱하는 것으로 그들의 말을 수긍하며 시선을 돌려서 정기룡을 바라보았다.

정기룡이 당연히 자신도 그렇게 생각한다는 듯 다부진 눈빛을 드러내며 고개를 끄덕여 보였다.

"저도요."

설무백은 암중의 흑영에게서 정기룡과 마찬가지로 요미의 말에 수긍하는 기색을 느끼고 공야무륵에게 시선을 돌렸다.

공야무륵이 대답할 가치도 없다는 듯 목내이로 변한 뱀눈 사내의 주검을 들고 휘적휘적 밖으로 나갔다.

"냄새나니 후딱 처리해 버리겠습니다."

설무백은 밖으로 나서는 공야무륵에게 재빨리 말했다.

"애들을 나무랄 일은 아니야. 그놈은 적어도 전에 사로잡았던 놈보다 경지가 높으니까."

문가에 멈춰 선 공야무륵이 멋쩍은 기색으로 뒷머리를 긁적였다.

설무백의 예상대로 공야무륵은 그저 뱀눈 사내의 주검을 처리하려고 나가는 것이 아니었다.

이번 사태의 책임을 묻기 위해서, 즉 적의 침입에 속절없이 뚫려 버린 풍잔의 경계, 사랑대에게 호된 질책을 가하기 위해서 나서는 것이었다.

이내 공야무륵은 밖으로 나서며 대답했다.

"그래도 맹효에겐 한마디 해야겠습니다. 이런 걸 유야무야 그냥 넘어가면 버릇됩니다."

설무백은 그 정도까지는 막을 수 없어서 밖으로 나서는 공야무륵을 더는 붙잡지 않고 그대로 내버려 두었다.

공야무륵이 밖으로 사라지자, 요미가 고개를 갸웃거리며 말했다.

"근데, 오빠. 오빠의 내공은 정통 정도에 가까운데 어떻게 마공을 흡수하고도 이렇게 멀쩡할 수가 있는 거지? 나만해도 검노 할아버지가 전해 준 양의심공이 없었다면 전진마가의 수라구류도는 익힐 엄두조차 내지 못했을 텐데 말이야. 혹시 오빠도 양의심공을 배운 거야?"

"그게 아니라……."

설무백은 천마검인 줄 알았던 천마령의 기운을 내공으로 흡수한 경위를 소상하게 알려 주었다.

그에 대한 내막을 알면 안 될 사람은 적어도 지금 이 자리에는 한 사람도 없었다.

요미가 그의 설무백이 끝나기 무섭게 반색하며 말했다.

"와, 정말 엄청나네. 그럼 이제 오빠는 정종심공은 물론, 그 어떤 파괴적이고 사특한 마공이나 사공도 다 흡수할 수 있다는 거잖아? 이제 적어도 내공은 오빠가 천하제일, 천하무적이겠다!"

"어……?"

설무백은 일순 머리를 한 방 맞은 것처럼 멍해졌다.

천마령의 기운을 본신의 내공과 합일시켜서 이제 흡성대법을 마음대로 통제할 수 있다는 생각만 하고 있었고, 그에 따른 범주도 전적으로 마공에 한정하고 있었다.

본디 천마령의 기운이 마공에만 반응하기도 했지만, 그에 앞서 조금 전에도 뱀눈 사내의 기척을 간파하면서 이제 자신에게 마공의 기운인 마기를 감지하는 능력이 생겼다는 것을 알게 되자 더욱 그랬다.

다른 방면으로는 전혀 생각하지도 않았고, 생각할 여유도 없었던 것이다.

그런데 요미의 말이 그를 깨우치게 만들었다.

천마령의 기운이 마공에 반응할 뿐, 정종심공이나 사공에는 반응하지 않는다는 사실이 마공의 진기만 흡수할 수 있고, 정종심공이나 사공의 진기는 흡수할 수 없다는 게 아니었다.

설무백은 그야말로 정신이 번쩍 들었다.

마공에 대한 천마령의 반응은 단순히 감지하고 감지하지 않고의 차지일 뿐이었다.

요미의 말마따나 천마령의 기운이 가진 흡성대법의 묘용은 딱히 범위가 정해져 있는 것이 아니라 모든 내공에 적용될 수 있는 것이다.

"뭐예요, 그 표정?"

요미가 어느새 가까이 다가와서 어색하게 굳어진 설무백의 얼굴을 요리조리 살펴보고 있었다.

설무백은 손가락으로 그녀의 이마를 저만치 밀며 말했다.

"까불지 말고, 가서 석…… 아니, 철각사 좀 불러와."

요미가 어리둥절해하며 물었다.

"갑자기 그 아저씨는 왜요?"

설무백은 한숨을 내쉬었다.

"왜 너도 자꾸 누굴 닮아가는 거냐? 시키면 시키는 대로 하지 않고 왜 그렇게 따지는 거야?"

"따지는 게 아니라 그냥 궁금해서 그렇죠. 근데, 그 '누구'가

혹시 제갈명이에요?"

"너 말대꾸 한 번만 더하면……!"

"다녀오겠습니다!"

요미가 즉시 대답하며 촛불이 꺼지듯, 물거품이 터지듯 그 자리에서 사라졌다.

설무백은 삽시간에 멀어져 가는 요미의 기척을 느끼며 절로 실소하며 정기룡을 향해 말했다.

"먼 길에 수고가 많았다. 네 거처는 여기 이 층에 마련해 두었으니, 내려가서 물어보고, 오늘 하루만큼은 푹 쉬어라."

"예, 사부님."

정기룡이 공손하게 인사하고는 밖으로 나갔다.

설무백은 부셔진 창가의 다탁에 앉아서 기다렸다.

아무래도 요미보다는 공야무륵이 먼저 돌아올 것이라고 생각했는데, 이도저도 아니었다.

요미나 공야무륵보다 먼저 찾아온 사람이 있었다.

이제 어엿한 풍잔의 총관인 융사였다.

"창문이 부셔졌다고 해서……!"

맹효를 꾸짖으러 나간 공야무륵이 융사부터 찾아간 모양이었다.

"이런 것도 융사 네가 나서나?"

"주군의 거처니까요. 그나저나, 대충 손볼 일이 아니네요. 얼른 가서 목수를 데려오겠습니다."

융사가 틀마저 박살 난 창문을 확인하고는 서둘러 밖으로 나갔다. 그리고 각종 연장을 챙긴 목수를 두 명이나 데리고 다른 누구보다도 먼저 돌아왔다.

설무백은 잘됐다 싶어서 얼른 지하 연공실로 내려가며 융사에게 일렀다.

"요미가 철각사를 데리고 오면 연공실로 내려 보내."

"아, 예……!"

설무백이 연공실에서 내려간 지 일 각 정도가 지나자, 철각사를 부르러 갔던 요미가 돌아왔다.

다만 그녀가 데려온 것은 철각사만이 아니었다.

검노와 환사, 천월, 그리고 제갈명도 그녀의 뒤를 따르고 있었다.

"다 같이 술을 마시고 있더라고요."

멋쩍게 웃는 요미의 보고였다.

제갈명이 심상한 표정으로 그녀의 말꼬리를 잡으며 부연했다.

"제가 마련한 자리입니다. 아무래도 친해질 필요가 있는 분들이라 술상을 차렸는데, 이렇게 도로아무타불이 되어 버렸네요. 아, 참고로 검영은 검매와 대력귀, 이이아스가 데리고 갔습니다. 그쪽도 할 얘기가 아주 많은 것 같더라고요."

설무백은 묵묵히 고개를 끄덕이는 것으로 그냥 수긍하고 넘어갔다.

한마디라도 꺼내면 얘기가 길어질 것 같았다.

게다가 마침 철각사와 더불어 온 검노 등은 그의 말을 들어도 상관없는 사람들이었다.

"무슨 일로……?"

철각사가 다른 사람들의 눈치가 보였는지 전에 없이 넌지시 물었다.

"한 가지 물어볼 것이 있어서요."

설무백은 거두절미하고 재우쳐 물었다.

"천마공자가 마교의 흡성대법을 익히고 있었나요?"

철각사가 움찔했다.

설무백이 이렇듯 공개적인 자리에서, 적어도 요미 등의 면전에서 천마공자에 대한 질문할 줄은 몰랐던 것이다.

하지만 그것도 잠시, 그는 이내 차분해진 모습으로 대답했다.

"익히고 있었소. 그것 때문에 내가 실로 곤혹스러운 상황에 직면한 적이 많았었소."

설무백은 의미심장하게 다시 물었다.

"지금이라도 다시 보면 알아볼 수 있을까요?"

철각사가 힘주어 장담했다.

"그야 물론이오!"

"혹시 이겁니까?"

설무백은 질문과 동시에 한손을 비스듬히 측면으로 내밀며 내공을 주입했다.

그의 손이 그을음처럼 새카만 아지랑이를 일으키며 마치 이글거렸다.

마치 손이 검은 불꽃에 타오르는 것처럼 보였다.

철각사의 안색이 변하고 눈이 커졌다.

대답이 필요 없는 반응이었으나, 그는 눈가에 경련을 일으킬 정도로 경악하며 절로 말을 토해 냈다.

"천마수(天魔手)!"

파란무림波瀾武林 (4)

정식 명칭은 천마경혼수(天魔驚魂手)라고 했다.

  고래로부터 마교에는 삼대지존지학(三大至尊之學)이라는 천마
의 천마심공, 바로 천마호심결(天魔護心訣)로 습득하는 천마불사
심공과 천마군림보, 그리고 아수라파천무, 달리 마검파천황이
라 불리는 절대마검법 이외에도 삼대호교지학(三大護敎之學)과
사대포교지학(四大布敎之學)이 있으며 그것들을 통틀어 십대마공
이라고 일컫는데, 천마경혼수는 그중 삼대호교지학에 속한다
는 것이 이내 평정을 되찾고 자리한 철각사의 설명이었다.

  그런데 철각사의 설명이 끝나기 무섭게 제갈명이 고개를 갸
웃거리며 말꼬리를 잡았다.

  "제가 알기로 천마경혼수는 비록 천마의 지존무학과 따로

분리되는 삼대호교지학에 속해 있지만, 기실 천마와 그 직계만이 익힐 수 있다고 알려져 있습니다. 바로 천마심공을 즉, 천마호심결로 습득하는 천마불사심공을 익히지 않으면 천마경혼수를 펼칠 수 없기 때문이죠."

제갈명은 말을 하고 나서야 지금 자신이 얼마나 엄청난 의문을 토로한 것인지 깨달은 듯 절로 두 눈이 커져서 마른침을 삼켰다.

이채로운 것은 검노와 환사, 천월의 반응이었다.

대체 무엇을 어떻게 얼마나 아는 것인지는 몰라도, 그들은 놀라거나 당황하는 대신 극도의 호기심이 드러난 눈빛으로 설무백을 바라보고 있었다.

다만 철각사와 조금 전 검은 불꽃같은 마기를 드러낸 설무백의 모습을 직접 목도한 요미 등은 차분한 기색이라 장내의 분위기가 참으로 묘했다.

장내에 무거운 침묵이 내려앉은 그 순간, 철각사가 슬쩍 고개를 돌려서 설무백을 바라보며 침묵을 깼다.

"아는지 모르겠지만, 이른바 마교의 사대호교지보의 하나인 천마령에는 한 가지 전설이 있소."

"아!"

제갈명이 기억난 듯 탄성을 지르고는 좌중의 시선이 쏠리자 자라목이 되어서 함구했다.

철각사가 상관하지 않고 계속 말했다.

"천마령은 마교 전래의 공력이 응축된 기물이라 그 속에는 마교의 무공을 배운 자들을 전문적으로 억압하는 기세가 담겨 있는데, 만일 모종의 경로를 통해서 천마령을 완전히 자신의 것으로 만들면 천마불사공을 익힌 것과 같은 효과를 볼 수 있다는, 뭐 그런 전설이오."

그는 재우쳐 물었다.

"어느새 천마령을 대당가의 것으로 만든 것이오?"

설무백은 지금 자신이 드러낸 것이 천마경혼수라는 것은 둘째 치고, 천마령에 천마불사공의 기운이 담겨 있다는 소리는 듣느니 처음이라 적잖게 당황했다.

애써 평정을 되찾은 그는 특유의 미온한 미소를 드러냈다.

"어째 일이 점점 더 묘하게 꼬이는 것 같은데……."

말꼬리를 늘인 그는 순간적으로 내력을 끌어 올려서 검은 불꽃처럼 이글거리는 마기를 전신으로 표출하며 말을 끝맺었다.

"보시다시피 어쩌다보니 그런 것 같네요."

장내에 침묵이 내려앉았다.

모두가 한순간에 다른 사람처럼 생경한 모습으로 변해 버린 설무백을 바라보며 넋을 놓고 있었다.

그러던 한순간, 검노가 불쑥 혼잣말을 흘렸다.

"내가 아는 마기와는 느낌이 조금 다르네."

"아!"

철각사가 탄성을 흘리며 검노의 말에 동조했다.

"그러고 보니, 그렇군! 어째 무언가 이상하다고 했더니, 과연 그래! 이건 정말 무언가 느낌이 다른 마기야!"

설무백은 운기한 내공을 거두고 무언가 대답한 것을 발견한 사람처럼 호들갑스럽게 말하는 철각사를 시큰둥하게 바라보았다.

"아까 말하신 것처럼 천마령의 기운을 내 것으로 만든 겁니다. 내 본연의 진기와 천마령의 기운이 섞였으니 다른 것이 당연하지요."

철각사가 머쓱해진 표정으로 검노에게 시선을 주었다.

검노가 어깨를 으쓱했다.

"나야 그냥 그렇다는 거였지 다른 뜻은 없었어."

철각사가 듣고 보니 실로 그래서 달리 할 말이 없다는 표정으로 입맛을 다시며 물러나 앉았다.

설무백은 손뼉을 쳐서 주위를 환기시키며 철각사를 향해 정중히 공수했다.

"아무튼 고맙습니다. 덕분에 여러 가지 의문을 풀었습니다."

철각사가 물끄러미 바라보며 물었다.

"대체 어떤 여러 가지 의문을 풀었다는 건지 모르겠소. 본인은 오히려 여러 가지 의문만 쌓여서 말이외다."

설무백은 무덤덤하게 입으로만 웃으며 말했다.

"그저 제가 마공을 익혔지만 마인은 아니라는 것만 알고 계시면 됩니다. 그럼 앞으로 당면할 그 어떤 일에도 더 이상의 의

혹은 없을 테니까요."

철각사가 예리하게 설무백이 하고자 하는 말을 알아들으며 신중한 기색으로 변해서 대답했다.

"마교가 대당가의 적이라면 본인은 실로 대당가에게 더 이상의 의혹을 가지지 않을 것이오."

대답을 요구하는 질문은 아니지만, 분명한 답변을 듣고 싶어 하는 말이었다.

설무백은 내실로 올라가는 계단을 밟으며 말했다.

"실로 그러하니, 올라가서 차나 한잔하실래요? 아무래도 하고 싶은 얘기가 많은 것 같네요."

"술이라면 모를까, 차는 좀……."

철각사가 어색한 표정으로 고개를 저었다.

"오늘은 시작된 자리가 있으니, 다음을 기약하기로 합시다. 어차피 예서 살기로 마음먹었으니, 시간은 아주 많소이다."

"그럼 그러시든지……."

설무백은 대수롭지 않게 수긍했다.

이미 시작되었다는 자리가 바로 검노 등과의 술자리라는 것을 알기 때문에 양보한 것인데, 내실로 올라온 그는 이내 그러길 잘했다는 생각이 들었다.

어느새 부셔진 창문을 수리해 놓은 융사의 곁에 공야무륵과 맹효가 기다리고 있었고, 밖에서는, 바로 대청에서는 낯설지 않은 사람의 기색이 느껴졌다.

아니나 다를까, 맹효가 보고했다.

"개방의 공동방주인 취죽개와 제자인 무진개 천이탁이 방문했습니다. 주군께서 청하셨다고……?"

"부르지 않은 사람까지 왔네?"

설무백이 무심결에 흘린 말이었는데, 맹효가 싸늘해져서 물었다.

"내칠까요?"

공야무륵에게 무슨 소리를 들었는지, 그야말로 군기가 바짝 든 모습의 맹효였다.

"됐어."

설무백은 픽 웃는 낯으로 손을 내저으며 재우쳐 물었다.

"대청에 있나?"

맹효과 각도 있게 고개를 숙이며 대답했다.

"옙!"

설무백은 슬쩍 철각사를 돌아보았다.

철각사가 예리하게 그의 생각을 읽으며 웃는 낯으로 두 팔을 펼쳐 보였다.

"괜찮소. 이런 모습의 나를 알아볼 사람은 없을 거요. 사실 알아봐도 그만이고 말이오."

설무백은 잠시 물끄러미 철각사의 시선을 마주하다가 불쑥 물었다.

"근데, 대체 노인네들끼리 무슨 말을 했기에 지금 이렇듯 제게 꼬박꼬박 공대를 하는 겁니까?"

철각사가 대수롭지 않게 대답했다.

"당연한 거요. 본인은 이제 여기 풍잔의 식구로 살아갈 작정
인데……."

그는 손가락으로 자기 자신과 설무백을 번갈아 가리키며 일
그러진 얼굴로 히죽 웃어 보였다.

"본인은 서열 이 위이고, 대당가는 서열 일 위이니 별수 없
지 않소."

설무백은 필시 지금 말하는 것보다는 더 직접적인 이유가
있을 것이라는 생각이 들었으나, 그냥 따지지 않고 넘어갔다.

풍잔의 식구로 살아가겠다는 사람이니, 그게 도리라는 생각
이 들었다.

"그럼 즐거운 시간 보내세요. 저도 술을 마다하는 편은 아닌
데, 아무래도 오늘은 아닌 것 같네요."

철각사가 여부가 있겠는 듯 어깨를 으쓱하며 가볍게 공수했
다.

검노 등이 그를 따라서 공수했다.

같이 가겠다는 뜻이었다.

설무백은 그들과 함께 대청으로 나갔다.

대청에서 기다리고 있던 취죽개와 천이탁, 그리고 통행으로
보이는 두 명의 중년 걸개가 내실에서 벗어나는 그들을 보고
는 경직된 모습을 보였다.

사실 그들이 아니라 누구라도 그랬을 터였다.

설무백은 말할 것도 없고, 철각사와 검노, 환사, 천월 등은 딱히 분노하지 않아도 존재감을 드러내며 그저 그 자리에 있는 것만으로도 상당한 위압감을 행사하는 사람들인 것이다.

"그럼 저희들은 이만······!"

철각사를 비롯한 검노 등이 설무백을 향해 가볍게 목례를 취하며 대청을 빠져나갔다.

그런데 아무래도 설무백과 철각사는 대대로 정보를 가지고 먹고살던 개방도의 눈을, 그것도 방주씩이나 되는 취죽개의 눈을 너무 무시한 것 같았다.

"······?"

취죽개가 철각사와 검노 등을 마주친 다음부터 대청을 벗어나는 순간까지 시선을 떼지 못한 채 이채로운 눈빛을 드러내고 있었다.

설무백은 그저 그러려니 하고 넘겼다.

잠시 그보다 더 신경 쓰이는 다른 것이 있었기 때문이다.

게다가 그게 아니더라도 무인이라면 누구나 다 범상치 않은 기도의 소유자에게 관심을 가지는 것이 당연했고, 그에 앞서 어쩌면 취죽개가 제자인 천이탁이나 파면개를 통해서 환사와 천월의 정체는 알고 있을 가능성이 높기 때문에 그런 쪽으로 치부했다.

그러나 그게 아니었다.

취죽개가 눈여겨 본 사람은 다른 누구도 아닌 철각사, 즉 무왕 석정이었다.

미심쩍은 표정으로 흘려낸 그의 혼잣말로 인해 설무백은 그것을 알게 되었다.

"내가 잘못 봤을 게야. 고정산, 그 사람이라면 애꾸에 외다리가 될 일이 절대 없지. 암, 그렇고말고……."

바람처럼 들리는 말투는 차치하고, 분명 고정산이라고 했다.

고정산은 아는 사람이 그리 많지 않은 무왕의 본명인 것이다.

설무백은 상념의 늪에서 급히 발을 빼며 이채로운 눈빛으로 취죽개를 바라보았다.

"무슨 말을 그리 비 맞은 중처럼 구시렁거리고 있나?"

천이탁이 화들짝 놀란 토끼처럼 고개를 쳐들고, 두 명의 중년 거지가 도끼눈을 뜨며 설무백을 노려보았다.

짝―!

취죽개가 후딱 정신을 차린 모습으로 중년 거지들의 뒤통수를 호되게 후려갈기며 주의를 주었다.

"까불지 말고 가만히들 있어. 너희들 같은 애들 수십 명이 달라붙어도 눈 하나 깜짝하지 않을 친구니까."

중년 거지들이 감히 아픈 기색도 내지 못한 채 뒷머리만 부여잡고 물러났다.

취죽개가 그에 아랑곳하지 않고 대수롭지 않게 그들을 외면하며 설무백을 향해 의미심장한 미소를 흘렸다.

"아무려나, 전날의 기억을 잊지 않고 있다니, 아주 마음에 드는군. 앞으로도 그래 주게. 모름지기 누구에게도 하대를 당하며 살아야 거지의 근성이 불어나는 법이거든. 내 겨운 그와 상관없이 상대가 누구든 하대를 하고 싶어서 공평하게 상대의 하대를 인정하는 거지만 말이야. ㅎㅎㅎ……!"

그리곤 대뜸 오만상을 찡그리며 따지고 들었다.

"아니, 그런데, 아닌 밤중에 홍두깨도 유분수지. 대체 네가 무슨 볼일이 있다고 나를 부른 거야? 괜히 힘 빠지게 별거 아닌 일로 부른 거면 나 정말 화낼 거다 너?"

설무백은 무심하게 자리부터 권했다.

"얘기가 길어질 수도 있으니까, 우선 좀 앉지?"

취죽개가 기다렸다는 듯 대청의 중앙을 차지한 사선탁의 의자를 빼서 털썩 앉으며 말했다.

"그럼 우선 그럴싸한 차부터 좀 내와 봐. 먼 길 달려오느라 갈증이 나서 아주 죽을 뻔했다."

천이탁이 묘하다는 표정으로 설무백의 눈치를 보며 취죽개의 곁에 앉았고, 두 명의 중년 거지는 감히 앉지도 못한 채 취죽개의 뒤에 시립해서 설무백을 잡아먹을 듯이 노려보았다.

설무백은 그러거나 말거나 제갈명에게 시선을 줘서 차를 가져오게 시키고 태연히 취죽개의 맞은편에 앉았다.

그리고 제갈명이 차를 가지러 나간 사이에 늘 그렇듯 거두절미하고 말했다.

"요즘 어렵지?"

취죽개가 이게 무슨 뚱딴지같은 소리냐는 듯 오만상을 찡그리며 삐딱하게 설무백을 바라보았다.

설무백은 취죽개의 반응이 폐부를 찔린 것처럼 뜨끔한 감정을 애써 감추려는 기만에 불과하다는 것을 즉각 알아보며 재우쳐 물었다.

"도와줄까?"

"지금 대체 무슨 얘기를 하는 거지?"

취죽개는 반사적으로 자신의 처지를 부정하려 들고 있었다.

설무백은 일언지하에 그것을 묵살했다.

"황칠개가 다녀갔어."

"황칠개가······?"

"당신과 천이탁 얘기를 하더군."

"······그 자에게 무슨 얘기를 들었는지는 모르겠지만······!"

"당신과 천이탁이 홍염개의 죽음에 관여된 것 같다고 하더군."

"무슨 그런 터무니없는······!"

"그러니까!"

설무백은 단호하게 말을 자르고 더없이 심도 깊은 눈빛으로 취죽개를 바라보며 재우쳐 확인했다.

"도와줘, 말아?"

"……."

취죽개가 잠시 침묵한 채 설무백의 시선을 마주하다가 이내 한숨을 내쉬며 그간의 사정을 밝혔다.

"방주의 죽음은 내가 총단을 비웠을 때 벌어진 일이라 내막은커녕 자초지종도 잘 모른다. 나중에 돌연사라 자연사인지 뭔지 알 수 없는 의문사라는 얘기만 들었지. 그래서 내가 모두에게 의심의 눈초리를 받고 있다. 방주의 죽음으로 가장 막대한 혜택을 본 사람이 바로 나니까."

그는 쓰게 웃으며 자신의 가슴을 두드렸다.

"어쨌거나, 통일개방의 공동 방주가 됐으니까."

그는 이내 심각한 표정으로 돌아가서 고개를 저었다.

"하지만 나는 아냐. 자네도 잘 알잖아 내게 그럴 이유가 전혀 없다는 거."

설무백은 고개를 끄덕이는 것으로 수긍하며 물었다.

"그거 있잖아. 전에 당신이 얻은 거. 그건 왜 밝히지 않고 있는 거야?"

취죽개가 선뜻 대답하지 못하고 머뭇거렸다.

설무백이 지금 무슨 말을 하는지 몰라서 그런 것 같지는 않았다.

그렇다고 공야무륵 등 다른 사람들의 눈치를 보는 것도 아니었다.

설무백은 벌써부터 사태를 짐작하고 있었기 때문에 그런 취죽개의 반응만으로도 충분히 알 수 있었다.

그는 대답을 기다리지 않고 자신이 던진 질문에 스스로 답했다.

"역시 개방의 내부의 간세도 만만치 않은가보군."

취죽개가 적잖게 놀란 눈초리로 설무백을 쳐다봤다.

설무백은 그에 아랑곳하지 않고 재우쳐 물었다.

"혹시 황칠개를 의심하나?"

취죽개가 잠시 턱을 주억거리며 뜸을 들이다가 대답했다.

"모르는 일이긴 하나, 그렇게까지 생각하지 않고 있다. 생각하고 싶지도 않아. 그마저 그렇다면 개방의 미래는 없으니까."

설무백은 내심 취죽개의 말에 동의했다.

그의 기억에도 황칠개는 마교의 손에 죽임을 당하기 전까지 취죽개의 곁에서 남북개방의 견해차를 좁히는 역할을 톡톡히 함으로써 통일개방의 기틀을 다지는 밑거름과도 존재였다.

"결국 즉각적으로 실력 행사에 나서지 않는 이유는 통일개방을 파탄 내기 싫어서인 건가?"

취죽개가 고개를 끄덕이는 것으로 수긍하며 대답했다.

"이기고 지는 승패를 떠나서 내가 황칠개를 치면 개방은 다시 두 쪽으로 갈라질 수밖에 없다. 그건 절대로 용납할 수 없는 일이다."

설무백은 사뭇 냉정하게 반박했다.

"황칠개는 나를 통해서 당신의 속내를 알고자 했어. 말이 안 되는 얘기지. 내가 보기에 그건 단지 핑계에 불과하고, 진짜 목적은 바로 당신과 내가 얼마나 친밀한 관계인가를 알아보려는 것이 있었다. 즉, 그는 이미 당신을 치겠다고 마음을 먹었다는 뜻이다. 그런데 그런 그를 내게 데려온 자가 누군지 아나?"

"……파면개였나?"

"그래, 바로 그였어. 다시 말해서 그건 당신을 지지하는 북개방의 세력도 이미 와해되어 가고 있다는 아니, 어쩌면 벌써 와해되었다는 뜻이지 아마? 실로 그렇다고 해도 그리 황칠개의 손을 놓지 않겠다고 고집을 부릴 텐가?"

취죽개는 파면개에 대한 얘기를 듣고도 놀라거나 당황하지 않았다. 그는 파면개의 변심을 믿지 않고 있었다.

"파면개는 단지 나름의 노력을 하고 있을 뿐이라고 본다. 어떻게든 황칠개의 마음을 돌리려는 거겠지. 그가 황칠개를 네게 데려올 이유는 그것밖에 없을 거야."

설무백은 내심 고개를 끄덕였다.

거짓으로 들리지 않는 말이었다.

이 정도 고집이면 충분해서, 더는 떠보고 자시고 할 필요가 없을 것 같았다. 어차피 그가 취죽개를 부른 이유는 개방의 건재를 위해서였다.

그는 짐짓 시큰둥하게 물었다.

"그래서 대책이 있다는 거야, 없다는 거야?"

취죽개가 일그러진 얼굴로 투덜거렸다.

"자기 멋대로 불러 놓고는 이제 와서 도와 달라고 엎드려 사정을 하라는 거냐, 지금?"

설무백은 퉁명스럽게 되받아쳤다.

"부른다고 버선발로 달려왔으면 그 정도는 해야 하는 거 아닌가?"

취죽개가 발끈하며 해져서 여기저기 깁고 꿰맨 가죽신을 신은 발을 번쩍 들어 보이며 악을 썼다.

"이게 버섯발이냐?"

설무백은 물러서지 않고 따졌다.

"그래서 안 하겠다고?"

취죽개가 두 눈을 부라린 채로 설무백을 노려보며 자리를 박차고 일어났다가 갑자기 태세를 전환해서 공손하게 공수하며 말했다.

"부탁한다."

설무백은 내심 반박을 준비하고 있다가 일순 허무하게 맥이 빠져서 절로 헛웃음을 흘렸다.

취죽개가 아무렇지도 않게 따라 웃으며 재우쳐 물었다.

"말해 봐. 이제 내가 어떻게 하면 좋겠냐?"

설무백은 졌다는 의미로 깊은 한숨을 내쉬고는 이내 마음을 다잡으며 말했다.

"우선 결정해. 적의 간세를 역이용하는 반간계(反間計)를 쓸래, 아니면 그냥 속 시원하게 간세들이 눈에 보이는 대로 족족

소탕하고 말래?"

취죽개가 추호도 망설이지 않고 대답했다.

"당연히 후자지. 배불리 먹고 나면 그저 자빠져 자는 게 유일한 낙인 거지들이 무슨 반간계씩이나 쓰고 지랄하겠어. 그냥 눈에 보이면 보이는 대로 손톱으로 벼룩이나 이 잡듯 톡톡 잡아 죽여야지."

"그렇군."

설무백은 충분히 이해한 표정으로 고개를 끄덕였다.

그리고 슬쩍 시선을 돌려서 취죽개의 뒤에 시립해 있는 중년의 두 걸개를 바라보며 물었다.

"아참, 그런데, 저 친구들은 처음 보는 얼굴이네? 아까부터 궁금했는데, 뭐 하는 친구들이야?"

취죽개의 안색이 살짝 변했다.

느닷없는 설무백의 질문에 그는 이미 눈치를 챈 것이다.

"자네가 우리 개방의 식구를 얼마나 봤다고 처음 보니 마니 하는 거야. 백만개방도라는 말도 못 들어 봤어?"

"아니, 저 친구가 어째 낯설지 않아서."

"누구?"

설무백은 취죽개의 뒤에 시립한 두 명의 중년 걸개 중 우람한 덩치에 비해 눈이 작은 좌측의 걸개를 바라보며 고개를 갸웃하고 있었다.

취죽개가 고개를 돌려서 그것을 확인하고는 말했다.

"정초(丁貂)? 쌍미갈(雙尾蠍) 정초, 정 당주를 자네가 어디서 볼 기회가 있었을까? 좀처럼 총단을 벗어나는 일이 없는 친구인데?"

"내가 낯설지 않다는 건 저 친구의 얼굴이 아냐."

설무백은 작은 눈의 중년걸개, 쌍미갈 정초를 바라보는 상태로 빙그레 웃으며 잘라 말했다.

"기세, 기풍, 뭐 그런 거지."

이제야 말로 장내의 모든 시선이 정초에게 집중되었다.

눈치 빠른 제갈명이나 천이탁은 말할 것도 없고, 공야무륵도 어느새 감을 잡은 듯 삭막하게 굳어진 눈초리로 정초를 주시하고 있었다.

갑작스럽게 화제의 중심이 되어 버린 정초가 주변의 시선에 크게 당황하며 말을 더듬었다.

"대, 대체, 그게 무슨 말씀인지……?"

설무백은 짐짓 귀찮다는 눈빛으로 쳐다보며 말했다.

"다 알면서 왜 그래?"

"아, 아니, 내가 알긴 뭘 안다고……? 바, 방주님?"

정초가 어이없다 못해 기가 막힌다는 표정으로 설무백을 외면하며 취죽개에게 시선을 돌렸다.

취죽개가 혼란스러움 가득한 눈빛으로 정초와 설무백을 번갈아 보았다.

설무백은 그에 아랑곳하지 비위가 뒤집혀서 구역질이 날 것

파란무림 (4) 253

같다는 표정으로 정초를 쳐다보며 말했다.

"잘 들어. 나는 네 정체가 뭐든지 간에 지금 이 자리에서 그냥 죽일 거야. 너도 여태 들었으니까 잘 알 테지만, 내가 너 하나 죽였다고 취죽개와의 사이가 틀어질 거라고는 생각하지 않거든. 그러니까, 가소롭게 애써 기만 떨지 말고 지금부터 내가 묻는 말에 솔직하게 대답해 봐. 그럼 죽일 때 죽이더라도 단칼에, 전혀 고통스럽지 않게 죽여 줄 테니까."

"……!"

정초가 대체 이게 뭐 하는 짓인지 모르겠다는 듯 울상을 지으며 연신 취죽개에게 도움의 눈빛을 던졌다.

하지만 취죽개는 이미 작심한 듯 그의 시선을 외면했고, 그의 곁에 서 있던 중년 걸개마저 거리를 벌리고 있었다.

설무백은 서서히 당황으로 일그러지는 정초의 얼굴을 냉정하게 직시하며 본론을 꺼냈다.

"아무리 봐도 인피면구를 뒤집어쓰거나 변체환용을 한 것 같지는 않고, 원래 천사교의 하수인이었던 거냐, 아니면 중도에 변절한 거냐?"

"무슨 그런 말도 안 되는……!"

"쉿!"

설무백은 손가락 하나를 자신의 입술에 대서 조용히 하라는 시늉을 하고는 재우쳐 말했다.

"날 처음 봐서 잘 모를 테니까, 기회를 한 번 더 줄게. 참고로 말해 주는데, 나 약속은 하늘이 무너져도 지키는 사람이야.
그게 좋은 쪽으로든 나쁜 쪽으로든."

그는 짧은 호흡으로 잠시 여유를 주고 나서 다시 물었다.

"언제부터 천사교의 개 노릇을 한 거지?"

"익!"

정초가 대답 대신 뒤로 신형을 날렸다.

빨랐다.

취죽개의 눈에 불신이 떠올랐다.

정초의 신법이 그가 아는 수준을 상회하고 있었던 것이다.

그러나 정초의 신법이 제아무리 취죽개의 예상을 상회한다
고 해도 지금 이 자리를 벗어날 수는 없었다.

설무백은 나서지도 않았다.

휘릭—!

일말의 파공음과 함께 공야무륵이 사라졌다.

그리고 그와 거의 동시에 정초가 뚫고 나가려던 창문 앞을
가로막으며 나타났다.

천마십삼보와 쌍벽을 이루는 전설의 무공인 다라십삼경 중
다라제칠경 무량속보의 놀라운 신위였다.

설무백은 그제야 알았다.

이제 보니 공야무륵도 지난 서열 비무에서 전력을 다한 것이
아니었다.

"대체 서열 비무를 왜 한 거야?"

설무백이 실소하는 그 순간.

"헉!"

정초가 기겁하며 옆으로 방향을 틀었다.

발을 디딜 수 있는 것이 아무것도 없는 허공에서 방향을 튼다는 것은 어지간한 고수도 쉽지 않은 일이었으나, 그는 그것이 가능할 정도의 고수였다.

간발의 차이로 공야무륵을 피한 정초는 벽을 차고 고무공처럼 튀어서 문 쪽을 향해 날아갔다.

그러나 그곳도 그를 허락하지 않았다.

순간적으로 서린 희뿌연 안개가 정초의 앞을 가로막았다.

"⋯⋯?"

정초는 흠칫 놀랐으나, 그냥 무시하고 쏘아져 갔다.

하지만 희뿌연 안개가 허락하지 않았다.

정초의 입장에서 놀랍다 못해 경악스럽게도 갑자기 서려서 앞을 가로막은 희뿌연 안개에는 손이 달려 있었다.

퍽-!

둔탁한 소음이 울리며 정초의 신형이 뒤로 날아갔다.

희뿌연 안개 속에서 순간적으로 튀어난 손이 정초의 가슴을 후려친 결과였다.

바로 전진사가의 절대사공인 사천미령제신술을 펼친 상태로 뻗어 낸 요미의 손이었다.

"크으⋯⋯!"

정초는 제대로 놀랄 사이도 없이 가슴에 일격을 당해서 신음을 흘리며 저만치 바닥에 나가떨어졌다.

하지만 그는 여전히 포기하지 않았다.

반사적으로 몸을 일으킨 그는 재차 도주를 시도했다.

아니, 시도하려 했다.

공야무륵의 신형이 그 순간에 그의 앞에 나타났다.

"헉!"

정초는 소스라치게 놀라며 뒷걸음질했다.

그때 설무백이 그런 그를 향해서 손을 내밀었다.

정초의 신형이 마치 한껏 늘어난 고무줄이 당겨지는 것처럼 순식간에 설무백의 손아귀로 끌려왔다.

무지막지한 허공섭물이었다.

천하의 취죽개가 마치 턱이 빠진 것처럼 절로 입을 딱 벌리고 있었다.

다만 정작 당사자인 정초로서는 놀라고 자시고 할 사이도 없었다.

설무백은 아무렇지도 않게 한 손으로 제압한 정초의 마혈과 아혈을 점해 버렸기 때문이다.

"이놈부터 시작해 봐, 간자 색출."

설무백은 수중의 정초를 취죽개의 면전으로 던지며 말하고는 이내 이게 아니지 싶은 표정으로 머리를 긁적이며 바닥에 널브러진 정초에게로 다가갔다. 그리고 정초의 입을 강제로 벌

려서 안을 살피고는 이내 아혈을 풀어놓고 일어나며 취죽개를
향해 멋쩍게 한마디 더했다.

"독단은 없고, 혀를 깨물 정도로 독한 놈으로는 안 보이네.
잘해 봐."

"정초가 천사교의 간자라는 것을 어떻게 알았지?"

취죽개가 설무백이 물러나기 무섭게 재빨리 나서서 작대기
처럼 뻣뻣하게 굳어진 정초의 몸을 수색하고 나서 별반 나오
는 것이 없자 곧바로 던진 질문이었다.

물러나서 지켜보다가 질문을 들은 설무백은 심드렁한 눈빛
으로 취죽개의 시선을 마주하며 의미심장하게 반문했다.

"그자가 정말 천사교의 간자라고만 생각해?"

"……!"

취죽개가 한 방 맞은 표정으로 굳어졌다.

설무백은 그저 무심한 듯 냉정하게 바라보는 것으로 압박을
가하며 그의 입이 열리기를 기다렸다.

취죽개가 이내 보이지 않는 그의 압력에 굴복하며 입을 열
었다.

답변이 아니라 오히려 질문이었다.

"천사교가 마교의 끄나풀이라는 것을 알고 있었나?"

설무백은 고개를 저으며 대꾸했다.

"천사교는 마교의 끄나풀 정도가 아니야. 중원 장악을 위한
선봉대지."

취죽개가 물었다.

"언제부터 알고 있었지?"

"그건 그만 둬. 말해도 믿지 않을 테니까."

설무백은 태연하게 손을 내저으며 말문을 돌렸다.

"그보다 이젠 내 말을 따를 생각이 있는 거겠지?"

취죽개가 잠시 예리해진 눈초리로 설무백의 시선을 마주하며 뜸을 들이다가 대답했다.

"사실 나는 네가 마교의 끄나풀일 수도 있다는 생각을 했었다. 제아무리 개천에서 용이 난다지만, 고아로 태어나서 장군가의 양자로 들어간 애가 변방 오지에서 자라면서 너처럼 컸다는 것은 정말 말이 안 되는 일이거든."

설무백은 절로 실소했다.

취죽개는 이미 그에 대해서 많은 부분을 알고 있는 것이다.

"누가 개방의 우두머리 아니랄까 봐 허락도 없이 남의 뒤를 많이도 파헤쳤네. 알았어. 그러니까, 내 말을 따르기는 싫다는 거지?"

그는 대답을 기다리지 않고 취죽개를 외면하고 공야무륵을 바라보며 짐짓 냉정하게 명령했다.

"싫단다. 데려가. 목이나 뎅강 잘라서 뒷산에 들개에나 줘 버려라."

"옙!"

공야무륵이 즉각 대답하고 나섰다.

취죽개가 화들짝 놀라며 나서서 바닥에 엎어진 정초를 등지고 공야무륵의 앞을 막아섰다.

"아, 아니, 말이 그렇다는 거지, 내가 언제 싫다고 그랬나? 알았어! 네 말대로 바로 데려가서 시작해 보도록 하지!"

그는 시종일관 침묵을 지키고 있던 천이탁의 뒤통수를 한 대 갈기며 버럭 고함을 내질렀다.

"뭐 하냐, 어서 안 챙기고?"

천이탁이 제법 세게 뒤통수를 맞았음에도 아픈 내색은커녕 별다른 내색도 없이 묵묵히 나서서 바닥에 엎어진 정초를 짐짝처럼 어깨에 들쳐 멨다.

"뭐냐, 넌?"

설무백은 이전과 달리 왠지 모르게 맥이 빠져서 축 쳐져 있는 천이탁의 모습에 눈살을 찌푸리며 물었다.

"뭐가 불만이라 그 지경이야?"

천이탁이 시들한 눈빛으로 힐끗 설무백을 일별하며 대답했다.

"너랑 상관없으니까, 신경 꺼."

설무백은 고소를 금치 못했다.

맥이 빠진 것처럼 시들해 보이는 태도와 달리 말투는 여전했기 때문이다.

그게 천이탁에 대한 불만은 아니었는데, 취죽개가 오해한 듯 서둘러 나서며 변명했다.

"너랑은, 아니, 대당가랑은 전혀 상관없는 일이니, 그냥 무시해. 요즘 뭘 좀 배우고 있는데, 그다지 진전이 없으니까 제풀에 지쳐서 저러는 거야. 성질 더럽게도 요즘 저리 골을 내는 게 일상이라니까. 제자만 아니면 그냥 확! 에휴……!"

설무백은 더 묻지 않고 넘겼다.

천이탁이 무엇을 배우고 있는지 알기에 뻔히 눈에 그려지는 상황이었다.

사부인 취죽개에게 개왕의 절기를 전수받고 있으며, 그게 뜻대로 안 되고 있다는 소리였다.

강호 무림의 무인도 어쩔 수 없는 사람인 이상, 심신의 상태가 일시적으로 생각을 따라가지 못해서 무엇을 해도 제대로 안 되는 부진의 늪에 빠지는 경우가 있는데, 요즘 천이탁이 그런 모양이었다.

그래서였다.

설무백은 얼마든지 도움을 줄 수 있었으나, 매정하게 외면했다.

보통 무인이 그와 같은 지경에 빠지는 때는 새로운 경지에 들어서기 위한 도약을 목전에 두었을 때였다.

보다 더 높이 뛰어오르기 위한 정체와도 같은 시기인 것인데, 그건 남의 도움을 받아서 넘어서는 것보다 자신의 의지로 극복하는 것이 바람직했다.

자신의 의지와 힘으로 극복해야만 그로 인해 얻을 수 있는 최대한의 경지로 도약할 수 있기 때문이다.

취죽개도 취죽개지만 천이탁 역시 없어서는 안 될 사람이라는 것을 알기에 가능한 한 크게 성장할 수 있는 길을 열어 두려는 그의 속셈이었다.

"좋아, 오늘은 이만 하지. 그리고 앞으로 연락은 중선로(中線路)의 짝귀 배(裵) 노인을 통해서 할 테니까, 그렇게 알고 있어."

설무백의 말을 들은 취죽개의 안색이 변했다.

"알고 있었나?"

"모를 줄 알았나?"

거지는 천하의 어디를 가도 있다.

다만 그 거지가 개방의 거지인지 아닌지의 차이만 있을 뿐이다.

당연히 난주에도 거지들이 적지 않은데, 거의 대부분은 그냥 거지였지만, 난주의 중앙 대로를 벗어나는 일흔 여덟 개 소로 중의 하나인 중선로를 텃밭으로 알고 지내는 늙은 거지, 짝귀 배 노인은 개방의 걸개이며, 그것도 결계가 분타주급인 네 개나 되면서도 고집스럽게 정보나 수집하는 개목(丐目)으로 지내고 있다는 것은 설무백을 비롯한 풍잔의 식구들이 이미 오래전부터 알고 있는 사실이었던 것이다.

"모르는 게 없군, 젠장!"

취죽개가 무안한 건지 무색해진 건지 모르게 한껏 일그러진 얼굴로 투덜거리며 후다닥 자리를 떠나며 소리쳤다.

"알았다! 그렇게 알고 갈 테니 잘 먹고 잘 살아라!"

설무백은 멋쩍게 웃는 낯으로 사라지는 취죽개 등을 배웅했다.

분명 욕은 아닌데 기분은 그리 좋지 않은 취죽개의 작별인사가 그의 뇌리에서 사라질 때쯤 제갈명이 도저히 더는 못 참겠다는 표정으로 나서며 물었다.

"저기, 아까요. 취죽개의 질문을 교묘하게 피해 가신 그거요. 정초라는 그놈이 천사교의 간자라는 것을 어떻게 아신 거죠? 당최 아무리 생각해도 답이 안 나와서 미치겠습니다, 아주!"

설무백은 있는 그대로 솔직하게 답변해 주었다.

"보면 알아."

"예?"

"보면 안 다고."

"아, 예……."

제갈명은 한숨을 내쉬며 물러났다.

설무백이 대답해 주기 싫다거나 너는 말해도 모른다고 생각하며 그냥 포기해 버리는 것이다.

설무백은 그런 제갈명의 속내를 읽으며 부연하려는데, 방해자가 나섰다.

"저도 정말 궁금한 게 하나 있는데요?"

백영이었다.

암중에서 벗어나서 모습을 드러낸 그가 자못 다소곳한 태도로 재우쳐 말했다.

"아까 천사교가 중원 장악을 위한 마교의 선봉대라고 하셨잖아요."

"그래서?"

설무백이 말을 받아 주자, 백영이 보다 더 적극적인 눈빛을 드러내며 열띤 어조로 질문을 이어 나갔다.

"그럼 결국 조만간 본격적인 마교의 공세가 시작된다는 건데, 주군께서는 왜 이렇게 태평하신 거죠? 아니, 태평은 좀 그렇고, 뭐랄까, 너무 방심하고 계신 달까, 아니면 보편적이지 않은 행동을 하고 계신 달까? 아무튼, 제 생각과는 많이 다른 행동을 하고 계셔서요. 왜죠?"

설무백이 뭐라고 대꾸하기도 전에 백영이 재빨리 다시 말했다.

"저 가인인데요. 혹시 몰라서 미리 말씀드리는데, 이거 제가 아니라 가환이 의견입니다. 참고해 주세요."

"쩨쩨한 놈!"

"이제 알았냐?"

백영이 윽박지르고 또 백영이 반박하고 있었다.

백가인의 자아와 백가환의 자아가 다투는 것이다.

설무백은 픽, 웃으며 물었다.

"그래, 스스로 보편적이라고 판단하는 가환이 네 생각은 뭔데?"

백가환의 자아인 백영이 대답했다.

"힘을 모으는 거죠. 강적이잖아요, 마교는. 그러니까, 중원의 힘을 모아서 대적하는 것이 옳다고 생각하는데, 주군께서는 전혀 그런 쪽으로는 생각하지 않는 것 같아서요. 그렇다고 주군의 능력을 무시하는 것은 아니에요. 어쩌면 주군의 능력만으로도 마교를 쳐부술 수 있지 않을까 하는 생각도 하긴 하는데요. 아무리 그래도 중원의 힘을 모으는 것이 더 합리적인 방법이 아닌가 싶어서요."

설무백은 가볍게 고개를 끄덕이는 무슨 말인지 이해했다는 뜻을 전하며 물었다.

"가인이 네 생각은 어떠냐?"

백가인의 자아인 백영이 말했다.

분명 입으로 말하는데도 백가환의 자아에 비해 상대적으로 매우 차분한 목소리였다.

"같기도 하고 다르기도 합니다."

설무백은 고개를 갸웃했다.

"같은 건 뭐고, 다른 건 또 어떤 거냐?"

백가인의 자아인 백영이 예의 차분한 어조로 대답했다.

"가환이와 같은 생각이 들기도 합니다. 하지만 기본적으로 주군께서 그와 같은 방법을 취하지 않는 것에는 그만한 이유가 있을 것이라 생각해서 별로 가환이처럼 궁금하지는 않습니다."

"여우 같은 놈!"

"이제 알았냐?"

설무백은 한 입으로 다투는 백영의 모습을 보며 절로 실소하다가 슬쩍 공야무륵에게 시선을 주며 물었다.

"공야무륵 네 생각은 어때?"

공야무륵이 시큰둥하게 대답했다.

"저야 주군의 판단이 옳다고 생각하죠?"

"왜?"

"주군의 생각이니까요?"

"······."

설무백은 당호하면서도 당당한 공야무륵의 태도에 더 이상 물어볼 생각이 들지 않았다.

슬며시 공야무륵을 외면한 그는 자신의 그림자를 향해, 바로 요미에게 물었다.

"요미 네 생각은 어때?"

요미가 그의 그림자에서 머리만 내밀며 대답했다.

"그딴 걸 귀찮게 뭐 하러 생각해? 그냥 그런가 보다 하면 되는 거지."

설무백은 어련하겠냐는 표정으로 고개를 끄덕이며 이번에는 창밖으로 시선을 돌리며 물었다.

"흑영 너는?"

창밖으로 드러난 처마 아래에 은신하고 있던 흑영이 처마, 지붕으로 올라앉으며 머쓱한 표정으로 대답했다.

"저는 생각해 본 적이 없어서…… 제 코가 석자라…… 월인의 경지가 막혀서 다른 생각을 할 겨를이 없습니다."

설무백은 특유의 미온한 미소를 입가에 머금으며 묵묵히 고개를 끄덕였다.

이건 또 흑영다운 대답이라는 생각이 들었다.

그러고 나서 제갈명에게 시선을 준 그는 내심 고소를 금치 못했다.

제갈명은 그야말로 말을 하고 싶어서 좀이 쑤시고 입이 간지러운 표정으로 눈을 빛내며 그의 시선을 마주하고 있었다.

과연 제갈명다운 모습이었고, 그와 시선을 마주치기 무섭게 더는 참지 못하고 본성을 드러냈다.

"제가 대신 설명해 줄까요?"

설무백은 한편 어련하겠냐는 표정으로, 다른 한편 잘됐다는 기색으로 피식 웃고는 느긋하게 밖으로 나가며 대답했다.

"측간에 다녀올게."

"옙!"

제갈명이 신나서 대답하고는 설무백이 밖으로 나가기 무섭게 백영을 손짓해서 부르며 설명을 시작했다.

"어서 이리와 봐. 지금 백영…… 아, 그러니까, 백가환 네 생각은 말이야 선택과 집중이라는 측면에서 대단히 큰 오류를 범하고 있는 거야. 그게 뭐냐 하면, 쉽게 말해서 이런 거야."

그는 손으로 허공에 점을 찍어서 원을 그리며 설명을 이어

나갔다.

"전력을 한 곳에 모으면 힘이 커지는 것은 사실이지. 이렇게 말이야. 하지만 이건 역으로 말하면 적도 한곳에만 힘을 집중할 수 있게 된다는 뜻이야. 그런데 각기 힘을 뭉쳤을 때 저들이 우리보다 강하면 어쩌지? 그냥 박살 나는 거야. 의심의 여지도 없이!"

그는 허공에 점을 찍어서 그려 놓은 원의 주변에 다시금 새로운 점을 마구 찍으며 의미심장하게 웃었다.

"그래서 의도적으로 우리 힘을 이렇게 분산시켜 놓는 거야."

그의 손이 점으로 찍은 원에서부터 사방에 마구 찍어 놓은 점으로 이어지는 화살표를 연이어 그렸다.

"그럼 뭉쳐있던 적도 이렇게 힘이 분산될 수밖에 없지. 우리는 그런 적의 힘을 야금야금 갉아먹는 거야. 쥐새끼 소리를 듣는 한 있어도 어쩔 수 없어. 상대적으로 강한 적을 무너트리는 방법은 그 어떤 변수를 감안하더라도 이게 가장 무난하고 효과적인 방법이니까!"

백가환의 자아인 백영이 말꼬리를 잡고 물었다.

"중원의 대처와 상관없이 적이 힘을 집중해서 가장 강한 상대만을 노린다면? 만약 바로 그게 우리라면?"

"아주 좋은 질문!"

제갈명이 반색했다.

누구는 하던 굿도 멍석 깔아 놓으면 하지 않는다지만, 그는

천하천의
주인

그와 정반대에 서 있는 사람이었다.

거기가 어디고 상대가 누구든지 간에 자신의 지식을 마음껏 뽐내고 싶은 그에게 있어 반문은 활활 타오르는 불길에 기름을 들이붓는 것과 다름없었다.

"충분히 그럴 수 있지. 그래서 중원은 그냥 흩어져만 있으면 안 돼. 어떤 식으로든 연계를 해야지. 그리고 그건 어떤 식으로 진행하는 것이 우리에게 더 유리하고 효과적이냐 하면……!"

물 만난 물고기가 따로 없었다.

꼬리에 꼬리를 물고 한없이 이어지는 제갈명의 설명은 도무지 끝이 보이지 않고 있었다.

"괜, 괜히 물었나……?"

뒤늦게 절로 흘러나온 백영의 후회는 실로 불을 토하는 것 같은 제갈명의 열변에 묻혀 버렸다.

그때, 밖으로 나온 설무백은 새로운 역사의 전조를 목도하고 있었다.

밤하늘 높은 곳에서 빛나는 천랑성(天狼星)의 붉은 기운이 자미성(紫微星)을 침범하고 있었다.

파란무림 波瀾武林 (5)

운남성의 최남단에 자리한 부급의 도시인 서쌍판납(西雙版納)은 묘강(苗疆 : 남만(南蠻)이라고도 한다.

　지금의 월남, 태국, 미얀마 지방을 통틀어 부르는 말)을 접하고 있음에도 불구하고 보기 드물게 주변에 강이 흐르고, 산과 들 사이로 비옥한 토지가 형성되어 있는 지역이었다.

　서쌍판납을 '푸른 마을'이라고 부르는 이유가 바로 거기에 있었는데, 예로부터 거기 터를 잡고 사람의 대부분은 파이족(羅夷族 : 태족(傣族))으로, 그로 인해 붉고 흰 색칠이 가득한 몸에 문신으로 멋을 낸 야만인들이 수시로 드나들어도 서쌍판납은 매우 뛰어난 치안을 자랑했다.

　파이족은 사납고 위험하기로 말하자면 묘강의 노족(怒族)과 어깨를 나란히 하지만, 기본적으로 예의를 따지고 질서를 중시하는 부족인지라 관부와 무관하게 자체적으로 자경단을 조직해서 서쌍판납의 치안 유지에 힘쓰고 있기 때문이다.

그런데 지금 서쌍판납을 중심으로 한 주변이, 바로 푸른 마을이라 불리는 지역이 아수라장으로 변해 버렸다.

하늘은 드넓은 밀밭이 불타며 토해 내는 검은 연기로 자욱해서 별빛이 가려졌고, 지상은 끊이지 않고 이어지는 단말마의 비명 속에 짙은 피비린내가 깔려 있었다.

수백 기의 기마대와 그보다 더 많은 도부수들이 거리와 전답을 질주하며 마구잡이로 불을 지르고 살육을 자행하고 있는 것이다.

그렇듯 사방이 지옥도로 변해 가는 서쌍판납의 동쪽 도심이었다.

"으아악!"

"크아아악!"

사방에서 단말마의 비명이 꼬리를 무는 가운데, 기마대의 사내들이 거리를 질주하고 있었다.

두두두두두-!

묘강을 벗하고 있는 변방이긴 해도 서쌍판납의 도심은 여느 중원의 도심과 별반 차이가 없었다.

비록 눈에 띄게 높은 건물이 적고, 드문드문 토족적인 건축물이 자리를 차지하고 있긴 하지만, 기본적으로 거리에는 고루

거각이 빼곡하게 늘어서 있었다.

지금 그 고루거각들이 화마(火魔)에 휩싸인 상태였다.

그리고 창칼을 들고서 말을 모는 사내들이 불타는 그 거리를 내달리며 한편으로는 살인을 자행하며 피를 부리고, 다른 한편으로는 불붙지 않은 건물을 찾아내 횃불을 던지고 있었다.

어차피 그대로 두어도 불타 버릴 것이었다.

바람은 건조하기 짝이 없고, 밤하늘은 별들이 총총해서 비가 뿌려질 기미가 전혀 없기 때문이다.

하지만 그들은 전혀 상관하지 않았다.

이미 피맛을 보고 파괴의 즐거움에 도취된 그들은 더욱 진한 피와 잔인한 파괴를 갈구하는 야수로 돌변해 있었다.

그래서 그들의 파괴와 살육을 멈출 수 있는 사람은 오직 그들에게 그와 같은 명령을 내린 사람밖에 없을 것 같았는데, 안타깝게도 정작 그 사람은, 바로 살육과 파기의 현장이 가장 잘 보이는 대로의 중앙에 서 있는 호리호리한 체구의 백발노인, 적미사왕에게는 전혀 그럴 마음이 없었다.

지금 그는 오히려 작금의 상황을 즐기고 있었다.

제아무리 잔인한 살육도, 그 어떤 처참한 파괴도 그에게는 한낱 유희에 불과할 뿐, 그 이상도, 이하도 아닌 것이다.

다만 유희해도 선후가 있고, 그래서 그는 이내 방화와 살인의 현장에서 시선을 거두고 앞을 바라보았다.

불타는 거리의 중앙이었다.

일단의 무리가 입에 재갈이 물려진 채로 무릎을 꿇고 있었다.

남녀노소를 망라한 삼십여 명의 사람들이었다.

누구 하나 고개를 숙이지 않고 분노에 찬 눈빛으로 적미사왕을 잡아먹을 듯이 노려보고 있는 그들은 바로 푸른 마을이라는 서쌍판납의 지배자인 파이족장과 그 일가였다.

적미사왕은 태연자약하게 그들의 사나운 눈초리를 마주하다가 문득 끌끌 혀를 차며 말했다.

"답답하겠다. 좀 풀어 줘라."

적미사왕의 뒤에는 일단의 사내들을 거느린 두 명의 중년인이 시립해 있었다.

바로 지난날 사망한 금면나찰과 독안나찰의 뒤를 이어서 그의 수족으로 올라선 아수나찰(阿輸羅刹)과 자면나찰(赭面羅刹)인데, 그중 장대한 체구와 어울리지 않게 실눈을 가진 아수나찰이 즉시 두 명의 수하를 이끌고 나서서 파이족장과 그 일가의 재갈을 풀어 주었다.

작은 체구에 나이를 짐작하기 어려울 정도로 연로해 보이는 선두의 노인, 바로 파이족장이 입에 물려진 재갈이 풀리기 무섭게 고함을 내질렀다.

"우리가 항복하는 조건으로 다른 사람들은 건드리지 않기로 약속하지 않았느냐! 어서 약속을 지켜라! 당장에 애꿎은 살육을 멈추지 못할까!"

적미사왕은 웃었다.

비웃음이었다.

"거짓말이야."

"뭐, 뭐라고?"

"너희들이 항복하면 다른 애들은 건드리지 않겠다고 약속한 거 말이야. 그거 거짓말이었다고."

파이족장의 얼굴이 새파랗게 질려 버렸다.

"이, 이런 파렴치한……!"

적미사왕이 새삼 끌끌 혀를 차며 비아냥거렸다.

"그러게 사람 보는 눈을 길렀어야지. 그 나이 먹도록 뭐 했나?"

"……!"

파이족장이 전신을 부들부들 떨었다.

단지 너무 어이없고 기가 막혀서 말문이 막힌 것인 줄 알았다.

그런데 그게 아니었다.

파이족장은 찢어질 듯 크게 부릅뜬 눈으로 적미사왕을 노려보는 상태로 이내 검붉은 피를 게워 내기 시작했다.

울화통을 터져서 죽는 사람이 있다더니 지금 그가 그랬다.

너무나도 분하고 억울한 너머지 기가 뒤틀려서 크나큰 내상을 당해 버린 것이다.

"아버님!"

"어르신!"

다급한 울부짖음이 터지는 가운데, 파이족장이 입으로 게워 내던 검붉은 핏물을 적미사왕에게 뿜어냈다.

적미사왕이 가볍게 손을 흔들었다.

그의 손에서 일어난 무형의 기가 파이족장이 뿜어낸 핏물을 막았다.

치익—!

바닥으로 떨어진 파이족장의 핏물이 검게 타들어 가며 고약한 냄새를 풍기는 연기를 피워 냈다.

파이족장의 핏속에는 극독이 들어 있었던 것이다.

적미사왕은 비틀린 미소를 흘렸다.

"오독문과 연줄이 있었던 게냐?"

파이족장이 답변 대신 쓴웃음을 지으며 탄식했다.

"과연, 이 늙은이가 자만한 거였군. 최후의 한 수마저 전혀 통하지 않다니 참으로 애석하기 짝이 없구나. 내 손으로 너를 처치하지 못하고 가는 것이 실로 선조들께 부끄러워서 얼굴을 들지 못하겠다!"

말이 끝나기 무섭게 그는 고개를 쳐들고 입에 머금고 있던 피를 뿜어냈다.

순간, 대체 어떻게 그리 되는 것인지는 몰라도 그가 뿜어낸 핏물이 그의 얼굴을 뒤덮어서 흐물흐물 녹이며 까맣게 태웠고, 그는 그 상태에서도 신음 한 번 흘리지 않고 죽었다.

적미사왕은 앉은 채로 죽은 파이족장을 바라보며 새삼 비틀린 미소를 흘렸다.

분노와 의지의 표출이었다.

"네가 내 마음을 굳혀 주는구나!"

파이족은 정말 용감했다.

비록 무공의 수준은 그리 높지 않았으나, 사납고 전투적이라 압도적인 그들의 전력을 맞이해서 최후의 용사 하나까지 죽음을 두려워하지 않고 덤벼들었다.

제아무리 지역적인 불리함을 고려하더라도 그렇지 않았으면 그가 고작 변방의 부족 하나를 섬멸하는 데 나흘이나 걸리지는 않았을 터였다.

그래서 절대 살려 두고 싶지 않은 마음이 들면서도 다른 한편으로는 회유할 수 있는 방법을 모색하는 모순된 감정에 빠졌던 그였는데, 파이족장의 마지막을 보며 마음이 정해진 것이다.

이런 독종의 후예를 곁에 둔다는 것은 가당치 않은 일이었다.

그 후환을 실로 끊이지 않을 것이기 때문이다.

"죽여라!"

적미사왕의 명령과 동시에 아수나찰과 자면나찰이 나서서 순식간에 파이족장 일가를 도살했다.

파이족장 일가는 목이 떨어져 나가는 그 순간까지 비명조차 지르지 않고 적미사왕을 노려보고 있었다.

적미사왕은 그렇게 죽어 가는 파이족장 일가를 지켜보며 새삼 자신의 판단이 옳았다는 생각에 기분이 좋아졌다.

그는 더 없이 흐뭇해진 마음으로 웃으며 파이족장 일가의 죽음을 지켜볼 수 있었다.

보는 사람으로 하여금 머릿속까지 얼어붙게 만들 것 같은 오싹한 웃음이었다.

이윽고, 파이족장 일가의 도살을 끝낸 아수나찰과 자면나찰이 정말 아무 일도 없었다는 듯 그의 곁으로 와서 조용히 시립했다.

적미사왕은 핏물 속에 엎어져 있는 파이족장 일가의 죽음을 느긋하게 음미하고 나서 물었다.

"얼마나 걸릴 것 같으냐?"

아수나찰이나 자면나찰에게 묻는 말이 아니었다.

질문과 함께 돌아간 그의 시선은 지근거리에서 불타고 있는 대로변에 건물 지붕을 향해졌는데, 거기 체구의 노인 하나가 서 있었다.

단지 그냥 작은 체구가 아니라 허리가 비정상적으로 굽은 곱사등이, 즉 꼽추인 그는 바로 적미사왕이 유일하게 신임하는 인물로 알려진 장자방인 혈두타(血頭駝)였다.

전각의 불길이 어느새 자신의 곁으로 다가서 있는 것도 모르는 듯 연신 주변을 둘러보기에 바빴던 그 혈두타가 그의 질문을 듣기 무섭게 히죽 누런 이를 드러내며 웃는 낮으로 쳐다보며 대답했다.

질문에 대한 답변이 아니라 오히려 질문이었다.

"내친김에 점창파(點蒼派)까지 치시려는 거겠죠?"

적미사왕은 대번에 자신의 속내를 읽는 혈두타의 혜안에 만족한 미소를 흘리며 대답했다.

"이공자가 흉중을 들어낸 이상 나만 가만히 있다가 바보가 될 순 없잖아. 생각 같아서는 사천성이나 귀주성까지 먹고 싶지만, 그건 아무래도 언제고 이공자와 천사교주에게 책잡히는 일이 될 수도 있으니까, 일단은 중립, 아쉽지만 운남성에 만족할 생각이야."

혈두타가 거듭 히죽 웃으며 대답했다.

"주군의 생각이 거기에 이르셨다면 지금 당장 출발하는 것도 나쁘지 않을 것 같습니다."

"여기는?"

"이미 적장의 목을 치셨지 않습니까. 구심점을 잃은 파이족은 더 이상 걱정할 이유가 없으니, 그저 몇 명 남겨서 뒤처리를 해도 충분하리고 봅니다. 전리품도 남긴 애들에게 챙기도록 하면 되고요."

적미사왕은 만족한 미소를 흘리며 곁에 서 있는 아수나찰과 금면나찰을 향해 명령했다.

"들었지? 늦지 않게 애들을 집결시켜라!"

"존명!"

아수나찰과 금면나찰이 즉시 대답과 동시에 수하들을 이끌고 사방으로 흩어졌다.

그와 거의 동시에 사방에서 날카로운 휘파람 소리가 울리기 시작했다.

집결을 알리는 신호였다.

적미사왕은 그와 무관하게 불타는 거리를 둘러보며 만족한 미소를 지었다.

절정으로 치닫는 불길이 뿜어내는 자욱한 연기가 가뜩이나 시커먼 밤하늘을 더욱 까맣게 물들이고 있었다.

이 자욱한 연기가 가라앉으면 파이족의 구심점이던 타타무(吒吒茂) 일족의 멸문이 운남 전역에 퍼질 것이고, 그는 그때쯤이면 이미 점창산을 마주하고 있을 것이다.

그리고 타타무 일족과 더불어 운남성의 종주로 알려진 점창파만 제거하면 이제 운남의 전 지역은 그의 사왕전이 차지하게 되는 것이다.

'물론 진짜 싸움이야 그때 비로소 시작되는 것이긴 하지만, 다른 녀석들도 이미 시작했을 테니, 일단은 나도 아쉬운 대로 준비를……!'

적미사왕은 다음을 다잡았다.

그는 벌써 자신을 비롯한 마교총단이 중원을 장악한 이후에 벌어질 싸움을 계산하고 있었다.

청명공자(晴明公子) 조비연(趙鄙燕)은 적어도 광동성의 중부에 자리한 현급의 작은 도시인 청원부(淸遠府)에서는 실로 남부럽지 않은 사내였다.

청원부에서 가장 잘나가는 무가인 유가장(劉家莊)의 둘째 아들이 바로 그였기 때문이다.

그러나 지금 이 순간, 조비연은 그 모든 것이 일장춘몽(一場春夢)이요, 남가일몽(南柯一夢)이 아닌지 의심하며 바닥에 주저앉고 있었다.

실로 그럴 수밖에 없었다.

평소처럼 저녁을 먹고, 차를 마시고, 가벼운 수련을 하고, 목욕한 이후에 잠든 그를 깨운 것은 선혈이 낭자한 어머니였다.

도망치라고, 어서 무조건 뒤도 돌아보지 말고 도망치라는 것이 피를 토하는 절규처럼 들리는 어머니의 억눌린 속삭임이었다.

선잠에서 깨어난 조비연은 꿈인가 싶었으나, 아니었다.

그를 깨우는 어머니의 얼굴에, 몸에, 그리고 손에 질척한 것은 분명 피였다.

조비연은 그제야 정신을 차리며 일어나서 어머니를 부축했다.

그는 그제야 어머니의 배에서부터 밖으로 축 늘어져 있는 것이 찢어진 옷깃이 아니라 길게 갈라진 배에서 쏟아진 내장임을 알고는 그대로 주저앉고 말았다.

어머니는 그런 그를 밀치고 피를 토하며 거듭해서 어서 도망치라고 목 놓아 울다가 숨이 끊겼다.

조비연은 머리가 새하얗게 비어 버린 상태로 허겁지겁 밖으로 달려 나갔다.

그때까지도 그는 아직 이게 꿈인지 현실인지 정확히 인지하지 못하고 있었다.

그런데 밖으로 달려 나간 그의 눈에 가장 먼저 들어온 것은 사방에 깔려 있는 수많은 가솔들의 주검들과 저 멀리 정원의 초입에 칼을 들고 서 있는 형, 조비유(趙鄙儒)의 모습이었다.

조비연은 평소 그렇게 우애가 좋던 형을 보고도 감히 다가갈 생각을 못했다.

역시나 선혈이 낭자한 형, 주비유의 손에 들린 검붉은 덩어리가 바로 아버지의 머리임을 알아보았기 때문이다.

소스라치게 놀라서 비명을 지른 조비연은 그대로 뒤돌아서 뛰었다.

그러다가 그는 다시금 부정할 수밖에 없는 상황과 마주쳤다.

무작정 달리다가 도착한 후원이었다.

평소 무슨 일이 있어도 듬직하게 그를 위해 주던 총관 안소(安昭)가 선혈이 낭자한 채 늘어진 숙부와 숙모의 주검을 질질

끌며 별채를 나서고 있었다.

조비연은 눈으로 보면서도 믿을 수 없는 그 광경을 애써 외면하며 뒤돌아 뛰었다.

가까운 벽을 넘으려 했지만, 그럴 수가 없었다.

제아무리 무공에 뜻이 없어서 소홀히 했다고는 해도, 고작 일장 남짓한 담 정도는 한 발로도 뛸 수 있을 정도는 되었는데, 경악과 불신의 충격이 그의 발을 묶어 버렸다.

그는 그 바람에 다시금 부정할 수 없는 현실과 마주치게 되었다.

담을 타고 돌아서 장원의 후문에 도착했을 때였다.

평소에 빼어난 재원(才媛)으로 가문의 자랑이었던 누이가 온몸에 피 칠갑을 하고 혀를 빼문 채 후문의 편액에 넝마처럼 널려 있었다.

조비연은 앞뒤 가릴 여유도 없이 누이의 주검을 끌어내리기 위해서 문에 매달렸다.

그때 날아온 비수가 하나가 그의 뒷등에 꽂혔다.

그는 신음을 삼키며 뒤를 돌아보았다.

저 멀리 후원의 초입에 평소 다른 누구보다도 다정하게 그를 대하던 매형(妹兄)이 핏물이 뚝뚝 덜어지는 협인장창을 어깨에 걸친 채 싸늘한 미소를 지으며 그를 바라보고 있었다.

살인자의 미소였다.

실로 보면서도 믿을 수 없는 그 충격과 비수가 꽂힌 뒷등의 통증이 마침내 그에게 잃어버린 이성을 되찾게 해 주었다.

그때부터 조비연은 무작정 뛰고 또 뛰었다.

뛰다가 엎어지면 기고 또 기다가 일어나서 다시 뛰었다.

살아야 했다.

살고 싶었다.

그야말로 살고 싶다는 생존 본능이 엎어지고 자빠져도 그를 다시 일어나서 달리게 만들어 준 원동력이었다.

얼마나 그렇게 뛰고 또 뛰었는지는 모른다.

조비연은 그렇게 뛰다가 어딘지도 모르는 장소에서 저 멀리 희뿌연 민가의 불빛을 보면서 정신을 차렸고, 그제야 맥이 풀리며 주저앉은 것이었다.

그리고 그는 그제야 생각이라는 것을 할 수 있게 되었다.

'대체 누가……?'

아직도 여전히 겁에 질려서 복수는 생각하지도 못하는 조비연이었지만, 정말이지 그것만은 미치도록 알고 싶었다.

도대체 누가 이런 천인공노할 짓을 벌였단 말인가!

조비연은 나중에 알게 되었다.

그날 그 시점에 중원 대륙의 각성에서 칠십여 개의 중소 무가가 그의 가문처럼 멸문지화를 당했고, 육십여 개의 중소방파가 주인과 요인들의 갑작스러운 사망으로 구심점을 잃고 뿔뿔이 흩어졌다.

그리고 묵시적으로 상호 불가침, 불가해로 여겨지던 무림과 관부의 영역이 무너지기 시작했다.

　마교의 발호였다.

　바야흐로 환란의 시대가 도래한 것이다.

다음 권으로 이어집니다

꿈의 도약, 로크에서 하십시오
(주)로크미디어에서 신인 작가를 모십니다

즐거운 세상, 로크미디어는 꿈을 사랑하고 도전을 두려워하지 않는 작가 분들의 참신한 작품을 기다리고 있습니다. 21세기 장르 문학계를 이끌어 갈 차세대 선두 주자 (주)로크미디어에서 여러분의 나래를 활짝 펴 보시길 바랍니다.

모집 분야 판타지와 무협을 포함한 장르 문학
모집 대상 아마추어 작가, 인터넷 작가
모집 기한 수시 모집
작품 접수 시 유의 사항
　　1. 파일명은 작가명_작품명.hwp형식을 갖춰 주십시오.
　　1. 파일에 들어갈 내용은 다음과 같습니다.
　　　　─ 성명(필명인 경우 실명을 밝혀 주세요), 연락처, 이메일 주소
　　　　─ 제목, 기획 의도
　　　　─ A4용지 1장 분량의 등장인물 소개
　　　　─ A4용지 2장 분량의 전체 줄거리
　　　　─ 본문
　　1. 작품이 인터넷에 연재되고 있다면, 게시판명과 사이트의 구체적이고 정확한 주소를 기재해 주십시오.

선택된 작품은 정식 계약 후 출판물로 간행되어 전국 서점에 유통됩니다.
작가 분은 (주)로크미디어의 전폭적인 지원하에 전속 작가로 활동하시게 됩니다.
※ 자세한 내용은 로크미디어 홈페이지(rokmedia.com)를 참조하세요.

(03920)서울시 마포구 성암로 330 DMC첨단산업센터 3층 318호
(주)로크미디어 편집부 신간 기획 담당자 앞
전화 : 02) 3273-5135
www.rokmedia.com　　이메일 : rokmedia@empas.com

만렙닥터 리턴즈

13월생 현대 판타지 장편소설

인생 2회 차 경력직 신입
칼솜씨도, 인성도 '만렙'인 의사가 돌아왔다!

만성 인력난에 시달리는 흉부외과에 들어온 인턴
메스도 잡아 본 적 없는 주제에
죽을 생명을 여럿 살려 내기 시작한다?

"이 새끼, 꼴통 맞네."
"죄송합니다."
"잘했어!"
"네?"

출세만을 좇으며 살았던 전생
이렇게 된 이상 인생도 재수술 한번 가자!

무데뽀(?) 정신으로 무장한 회귀 의사
이제부터 모든 상황은 내가 집도한다!

南魔宮帝 남궁마제

문운도 신무협 장편소설

회귀한 뇌왕, 가족을 지키기 위해
정파의 중심에서 제대로 흑화하다!

세상을 뒤집으려는 귀천성에 맞서 싸우다
가족을 모두 잃고 제물로 바쳐진 뇌왕 남궁진화
마지막 순간 원수의 뒤통수를 치고 죽으려 했으나
제물을 바치는 진법이 뒤틀리며 과거로 회귀하다!?

남궁세가의 양자가 된 어린 시절로 돌아온 후
귀천성이 노리는 자신의 체질을 연구하다 기연을 얻고
회귀 전과 다른 엄청난 미모와 함께
뇌전의 비밀마저 알아내 경지를 뛰어넘는데……

가족들에게는 꽃처럼 사랑스러운 막내지만
적이라면 일단 패고 보는 패악질의 끝판왕!
귀천성 때려잡기에 나서다!